KB085305

말을 찾아서

아시아에서는 《바이링궐 에디션 한국 대표 소설》을 기획하여 한국의 우수한 문학을 주제별로 엄선해 국내외 독자들에게 소개합니다. 이 기획은 국내외 우수한 번역가들이 참여하여 원작의 품격을 최대한 살렸습니다. 문학을 통해 아시아의 정체성과 가치를 살피는 데 주력해 온 아시아는 한국인의 삶을 넓고 깊게 이해하는 데 이 기획이 기여하기를 기대합니다.

Asia Publishers presents some of the very best modern Korean literature to readers worldwide through its new Korean literature series 〈Bilingual Edition Modern Korean Literature〉. We are proud and happy to offer it in the most authoritative translation by renowned translators of Korean literature. We hope that this series helps to build solid bridges between citizens of the world and Koreans through a rich in-depth understanding of Korea.

바이링궐 에디션 한국 대표 소설 082

Bi-lingual Edition Modern Korean Literature 082

Looking for a Horse

이순원
말을 찾아서

Lee Soon-won

ASIA
PUBLISHERS

Contents

말을 찾아서

Looking for a Horse

"그럼 지금 나보고 봉평에 가달라는 겁니까?"

통화 중간 나는 나도 모르게 왠지 화가 나 있었다. 전혀 화를 낼 일이 아닌데도 그랬다.

"꼭 가셔야 되는 건 아니고요. 안 가시고도 쓰실 수 있으면 그렇게 하셔도 됩니다. 안 가셔도 2박 3일간의 취재비와 취재 수당은 저희가 따로 드리고요."

그러니까 저쪽 편집자의 말은 웬만하면 거절하지 말고 꼭 좀 써달라는 뜻일 것이다. 어떤 일이든 내가 하기 싫으면 그만이긴 하지만, 사실 그런 조건으로 쓰는 원고라면 이제까지 내가 받은 어떤 사보들의 청탁보다 좋

"So you're asking me to go to Bongpyeong?"

I got upset somewhere in the midst of the tele-phone conversation, though I had no reason to.

"You don't *have* to go. If you can write the piece without going there, you may very well do so. We will still reimburse you for a two-night, three-day trip, in addition to your charges and expenses."

Although the editor is asking me to write the piece, there's no rule that says I have to comply; I could simply turn it down. But the terms were the best I'd ever gotten for a newsletter. Terms aside, I kept looking for an excuse. What held me back was a dream about a horse I had a few nights ago.

은 조건이었다. 그런데도 나는 처음부터 그 일을 하지 않을 핑계를 찾고 있었다. 아마 며칠 전에 꾼 말 꿈 때문일 것이다. 그때 본 말이 아직도 내 머릿속을 떠나지 않았다.

"그 회사는 돈이 그렇게 많습니까? 가지 않은 여행비까지도 주고."

이번에도 내 말은 가시를 달고 나갔다.

"그런 게 아니라 처음 그런 기획을 할 때부터 책정해 놓은 경비니까 저희들로선 그렇게 드려도 문제가 없다는 뜻입니다. 선생님들께서 좋은 원고만 주시면……."

"그러니까 거기 나오는 노샌지 나귀 얘긴지만 확실하게 써달라……?"

"예. 독자들이 작품과 작품 배경을 이해하기 쉽게 작품 얘기 반, 작품 무대 얘기 반, 그런 식으로요."

"그렇다면 다른 사람 찾아보지 그래요. 나는 안 가보고도 쓸 수 있을 만큼 봉평에 대해 잘 알지도 못하고, 그렇다고 그걸 쓰자고 지금 거기 다녀올 시간이 있는 것도 아니고 하니까."

"저희들은 선생님이 가장 적임자라고 생각해서 전화

The horse wouldn't leave my thoughts.

"Your company must be rich to pay for someone's nonexistent travel expenses like that," I replied sarcastically.

"What I mean to say is that we already budgeted for the expenses from the start of the project, so paying you is not a problem. As long as we can get a good manuscript..."

"So all I have to do is write about that mule or donkey or whatever it was, right?"

"Yes. It's to help the readers understand the story and its background, so you can write half of it about the story, and the other half about the setting."

"If that's the case, I'm sure you can find someone else. I don't know Bongpyeong well enough to write about it, nor do I have the time to go there."

"We called because we believe you're the most qualified for the job. Plus, you're from that area."

"Most qualified? Going there is qualification enough to write about it."

I hung up before the editor could say anything more. Truth be told, I probably had more stories to tell about Bongpyeong than anyone else, stories that I had buried in my heart. I still remember the

를 드린 건데. 고향도 그쪽이고 해서……."

"적임자가 따로 있겠소? 가서 보고 쓰면 그게 적임자인 거지."

나는 저쪽에서 무어라고 더 말을 하기 전에 서둘러 전화기를 내려놓았다. 그러나 사실 봉평에 대해서라면 누구보다 가슴속에 묻어두고 있는 이야기가 많았다. 어린 날 보았던 봉평 장터에 대해서도 그렇고,「메밀꽃 필 무렵」속의 허생원과 그의 나귀, 또 그들이 걸었던 봉평에서 대화로 가는 팔십 리(그러나 실제로는 육십 리밖에 되지 않는) 산길과 그 길옆에 끝없이 펼쳐져 있던 메밀밭에 대해서도 그랬다. 다만 내가 지금 그 얘기를 하고 싶지 않은 것뿐이었다. 그 얘기를 하자면 나는 어쩔 수 없이 작품 속의 나귀가 아닌 또 다른 나귀와 아부제(양아버지) 얘기를 해야 할 것이었다.

"어디 전환데 그렇게 받아요?"

전화를 끊고 나자 옆에 섰던 아내가 말했다.

"아무것도 아니야."

"아무것도 아니긴요? 원고 청탁 전화 같던데……."

"원고 청탁 전화면 왜?"

marketplace I frequented as a child, its mountain roads—the 80-*li*[1)] distance (which only measures 60 *li* in reality) to Daehwa that Heo Saengwon and his donkey travelled in the short story "When the Buckwheat Flowers Bloom"—, and the fields of buckwheat flowers that stretched endlessly from the roadsides. It's just that I simply didn't want to talk about it right now. If I did, I wouldn't be able to avoid talking about another donkey aside from the one in the story and, ultimately, *Abuje*, my adoptive father.

"Who was that?" my wife asked, wondering why I had answered the phone in that manner.

"It's nothing."

"Didn't sound like it was nothing. Sounded like a request for a manuscript."

"And what if it was?"

"You weren't respectful to the caller."

"He wanted me to write about a horse. As if having that horse dream at the start of the New Year wasn't enough, now I'm asked to write about one."

"It's not a travel piece?

"It's the same thing. "When the Buckwheat Flowers Bloom" has horses in it, doesn't it? Donkeys and horses, same difference."

"전화를 그런 식으로 받으니 그러지요. 애써 전화한 사람 무안하게……"

"말 얘기를 해달라니까 그렇지. 정초부터 말 꿈을 꾼 것도 부족해 말 얘기를 해달라고……."

"작품 여행 얘기가 아니고요?"

"그 얘기가 그 얘기지.「메밀꽃 필 무렵」에 말 얘기가 안 나와? 나귀 얘기가 말 얘긴 거지."

"이제 그만 생각해요. 나쁜 꿈도 아니라면서……."

"그래도 내가 언짢으니까 그렇지."

며칠 동안 말 꿈으로 내가 신경을 쓰는 걸 보아서인 지 아내도 더 이상 뭐라고 말하지 않았다. 만약 그러지 않았다면 아내도 지지 않고 그 속에 나귀 얘기가 나오 긴 하지만「메밀꽃 필 무렵」을 어떻게 말 얘기라고만 할 수 있겠느냐고 말했을 것이다. 어쨌거나 중요한 건 그 게 말 얘기든 나귀 얘기든 지금 내가 그 원고를 쓰고 싶 지 않다는 것이었다. 정초에 그런 꿈까지 꾼 다음 또 다 른 나귀 얘기와 어린 날 아부제를 찾아 봉평에 갔던 얘 기를……

그 꿈을 꾸었던 것은 연말에 아이들을 강릉에 보내고

"Stop thinking about that dream now. You said it wasn't a bad dream, anyway."

"It's still unsettling."

She knew my mind had been occupied with that dream for a few days now, and perhaps that's why she didn't go any further. Otherwise, she would've countered that you couldn't call the piece a story about horses because a donkey appears in it. Whatever the case, I didn't want to write the manuscript, and that was the bottom line. I didn't want to think about donkeys or the time I went to Bongpyeong to find *Abuje* when I was younger—especially after that dream.

It was precisely the night of New Year's Eve when I had the dream. After sending the kids off to Gangneung, my wife and I took a trip to Cheorwon, just the two of us. On the last day of the year, we went to the nearly frozen Sambuyeon Falls and toured Goseokjeong Pavilion, a hideout once used by the legendary outlaw Im Kkeok-jeong. We saw Maewoldae Falls, which was supposedly named by Kim Si-seup after he built a gazebo there, and we looked around Gung Ye's castle in Hongwon-ri, Cheorwon-eup. I was tired and away from home, but that didn't explain why I had the dream—on the

아내와 함께 모처럼 여행을 떠나 철원에 갔을 때였다. 한 해가 가는 마지막 날이었던 그날 우리는 이제 막 얼어붙기 시작하는 삼부연폭포와 한때 임꺽정이 은신하고 있었다는 고석정, 김시습이 거기에 누각을 짓고 자신의 호를 따 이름 붙였다는 매월대, 철원읍 홍원리의 궁예성지 등을 둘러보았다. 그런데 아무리 피곤하기도 하고 또 밖에 나와 자는 잠이라도 그렇지, 어쩌다 새해 첫날 그런 꿈을 꾸었던 것인지 모르겠다. 꿈에서 본 말은 내가 잠을 깬 다음에도 여전히 히히힝, 소리를 지르면서 달려와 앞발을 쳐들고 경중경중 뛰듯 내 주위를 맴돌았다. 새해 첫 꿈으로 말 꿈이 좋은 것인지 나쁜 것인지 생각해 볼 겨를도 없이 왠지 언짢은 기분부터 들었다. 차라리 나귀거나 노새였다면 또 모르겠다. 그랬다면 나도 어린 시절 늘 그걸 보고 자랐으니 충분히 그럴 수 있는 일이라고 생각해 다른 데까지 그걸 연결시켜 생각하지 않았을 것이다. 그런데 틀림없는 말이었다. 다리가 내 가슴 높이까지 오고, 앞발을 쳐들고 이리저리 경중경중 뛸 때 한 뼘 반이 넘는 길이로 휘날리던 검은 갈기도 나귀나 노새의 것이 아니라 말의 것이 틀

16

first day of the year, at that. After I woke up, the horse continued to gallop in circles around me, whinnying and kicking up its front legs. It was so unsettling that I didn't have the leisure to ponder whether starting a new year with a horse dream was good luck or bad. A donkey or a mule dream I'd understand. I grew up around them, so I wouldn't have thought much of it. But it was undoubtedly a horse. Its legs came up to my chest and its rippling, black mane measured about one-and-a-half hand spans long. No donkey or mule could have a mane like that. I didn't know much about horses, but donkeys and mules were a different story. Surely I could differentiate a horse from a mule or a donkey. The horse's silky, fiery-red body was free from saddle or bridle and it pranced around me, whinnying when I woke up. It wasn't being particularly friendly, but it didn't seem angry enough to butt me either. It came running across the field and circled around me, tossing its mane to and fro.

Could it be him?

Still in bed, I reached above my head for a cigarette and clamped it between my lips. Though I'd never seen it in person, there was one horse in particular that came to mind and made me uneasy.

림없었다. 말에 대해서는 잘 모르지만 나귀와 노새에
대해서라면 누구보다 잘 아는 내가 그게 말인지 아니면
나귀인지 노샌지 구분 못 할 까닭이 없었다. 그놈이 등
에 갖춘 안장과 고삐도 없이 자르르 윤기 흐르는 붉은
맨몸으로 내게 다가와 무어라고 히히힝, 소리를 지르듯
주위를 맴돌던 중 잠을 깨고 만 것이었다. 그런 모습이
내게 우호적이었던 것 같지도 않고, 그렇다고 머리로
나를 떠받을 만큼 성이 나 있는 것처럼 보이지도 않았
다. 그냥 그놈은 저만큼 멀리 들판에서 내게로 뛰어왔
고, 뛰어와선 이리저리 갈기를 휘두르며 내 주위를 경
중거렸던 것이다.

　그놈인가……

　나는 누운 채로 위로 손을 더듬어 머리맡에 둔 담배
를 꺼내 물었다. 나로서는 한 번도 본 적이 없지만, 본
적이 없는데도 껄끄럽게 짐작이 가는 한 놈이 있었다.

　"일어났어요?"

　아내는 아직 잠결에 물었다.

　"응."

　"몇 신데 벌써 일어나서 그래요?"

"Are you awake?" my wife asked, still half asleep.

"Yeah."

"Why are you up so early?"

She reached above her head for her watch.

"It's 5:00 a.m. Go back to sleep."

"I had a strange dream."

"What about?"

"A horse."

"What's so strange about that? Come on."

She fell back asleep, but I stayed awake until she woke up again. Whenever I shut my eyes, the horse appeared as if my eyes were open. And when I opened them again, the horse popped up in my mind as if my eyes were closed.

When she got up, she saw the dream was still on my mind and offered an explanation. "Could it be the horse that Gung Ye rode? You were pretty dis-appointed about it yesterday at his castle."

"No, it was a different horse."

"How can you be sure?"

"Because I saw it."

The horse lingered in the corner of my con-science, exactly as I remembered it from the dream. I knew which horse it was. It wasn't the horse that Gung Ye rode around the Cheorwon

아내도 머리맡으로 손을 올려 시계를 더듬었다.

"다섯 시잖아요. 더 자지 않고……."

"이상한 꿈을 꿨어."

"어떤 꿈인데요?"

"말 꿈……."

"그럼 나쁜 꿈도 아니네요, 뭐. 난 또……."

아내는 다시 잠이 들었다. 그러나 나는 그때부터 아내가 다시 깨어날 때까지 잠을 이룰 수가 없었다. 눈을 감아도 눈을 뜬 것처럼 그놈이 나타나고, 그래서 눈을 뜨면 이번엔 눈을 감았을 때처럼 머릿속에 그놈이 나타나는 것이었다.

"혹시 궁예가 타던 말이 당신에게로 온 것 아니에요? 어제 당신 궁예성지를 둘러보며 연신 아쉬워하더니……."

아침에 일어나서도 내가 계속 말 꿈에 신경을 쓰자 아내가 말했다.

"아니야, 그런 말이."

"당신이 어떻게 알아요? 그 말이 맞는지 아닌지."

"봤으니까 알지."

Plains or through the capital city in Pungcheonwon. I had never seen it outside of that dream, but somehow I knew it had been raised in some secluded stable in a suburb of Osaka, Japan. It had been killed, as cows and sheep are, and brought to us.

Without disclosing this to my wife, we returned to Seoul that day, stopping along the way to see the Crane Reservoir, Dopiansa Temple, and Cheorwon Fortress. The dream still occupied me and I couldn't fully take in the sights. I was worried that a horse would jump in front of the car if I drove, so I handed the car keys to my less experienced wife.

"Come on. What's with you?"

At home, I kept thinking about the horse, my eyes fixed on a distant, nonexistent mountain.

"I don't know why, but I have this hunch that a horse dream on New Year's Day can't be good."

"It's not bad luck to have a horse dream. Be rational."

"I can't shake it off."

"Then why don't you ask if it's a good dream or not?"

"Who would I ask?"

"Who else? I'm sure your parents would know."

내가 생각하는 건 아까 꿈에서 막 깨었을 때의 생각대로 내 의식 한구석에 껄끄럽게 남아 있는 바로 그 말이었다. 철원평야와 그곳 풍천원 도성터를 달리던 궁예의 말이 아니라, 꿈에서 본 것 말고는 달리 직접 눈으로 본 적도 없고 출신도 모르는 일본 오사카 어느 교외의 후미진 마구간에서 자라 소나 양처럼 죽어 우리 곁으로 왔던…….

그러나 그 이야기를 아내에게 하지 않은 채 여전히 찜찜한 마음으로 학저수지와 그곳에서 멀리 떨어지지 않은 곳에 있는 도피안사, 철원토성을 둘러보는 듯 마는 듯하고 서울로 돌아왔다. 혹시 꿈에서 본 것처럼 갑자기 헛것이 보이듯 말이 내가 운전하는 자동차 앞에 나타나는 것이 아닌가 싶어 그곳을 돌아다닐 때에도 그랬고, 서울로 돌아올 때에도 나는 나보다 한참 운전이 미숙한 아내에게 키를 내주었다.

"왜 그래요? 자꾸…….'

집에 도착해서도 자꾸 먼 산을 바라보듯 꿈에 본 말 생각을 하자 아내가 말했다.

"모르겠어. 새해 첫날 말 꿈을 꾸었다는 게 영 기분이

"My parents?"

Abuje's face came to mind before that of *Abeoji*, my real father. *Abeoji* might be more knowledge- able overall, but when it came to horses, *Abuje* knew more.

"Ask about the kids, too. Whether they went up or not," she spoke as I dialed the phone number.

"Hello?"

It was *Abuje*.

"*Abuje*?"

"Yeah. Seoul?"

"Yes."

"Are you in Seoul?"

"Yes."

The first "Seoul?" was to check if it was me, and the follow-up question was to see if I was calling from home.

"Did you go somewhere yesterday?"

"Yes, I had somewhere to be."

"No wonder. I called yesterday, but a different woman kept answering. It wasn't the kids' mother, either."

"It's not a different woman, it's the answering ma- chine. When no one's home, you can leave a mes- sage."

좋지 않아서 그래."

"말 꿈이 나쁜 것도 아니잖아요. 우리가 그냥 생각해
봐도……."

"그런데도 나한테는 자꾸 언짢은 생각이 드니 그렇
지."

"그럼 물어봐요. 그런 꿈이 좋은 꿈인지 나쁜 꿈인지."

"누구한테?"

"누구긴요? 강릉 어른들한테 물어보면 알겠죠."

"강릉 어른?"

그렇게 되묻다가 나는 아버지의 얼굴보다 아부제의
얼굴을 먼저 떠올렸다. 다른 건 아버지가 더 많이 알지
몰라도 말에 대해서라면 아부제가 더 많이 알고 있을
것이었다.

"아이들이 지금 어디 있는지도 물어보고요. 위에 있는
지 아래에 있는지."

전화기의 번호판을 누를 때 다시 아내가 말했다.

"여보시오."

아부제였다.

"아부제?"

"I know that, but the voice was different so I figured some woman was picking up from your house. I thought I had misdialed so I tried again, but it was the same woman."

Usually, either my wife or I record a message before stepping out. But when we left for Cheorwon two days ago, we turned on the automated voice message.

"How's your health these days, *Abuje?*"

"Fine. Where does one ache when one doesn't work? Why did you call?"

"To wish you many blessings for the New Year, *Abuje.*"

"What New Year? You know I don't follow the solar calendar."

"Still. Is Mother doing well, too?"

"Yeah. We're always being careful. Your mum worries about you day and night, as usual."

"By the way, *Abuje...*"

"Yeah."

"What happens if you see a horse in your dream?"

"Did you see one?"

"Yeah. He wasn't like the one we raised. He was much bigger. The kind that people ride."

"It's a good sign. Sounds like something good's

"어, 그래. 서울이나?"

"예."

"서울이야?"

"예."

아부제가 먼저 서울이나? 한 것은 전화를 거는 사람이 나냐고 묻는 말이었고, 나중에 서울이야? 하고 물은 것은 지금 전화를 거는 곳이 집이냐는 뜻이었다.

"어제 어데 갔다가 완?"

"예. 어디 좀 둘러볼 데가 있어서요."

"그런 걸 전화를 하니 자꾸 다른 여자가 받지. 어미 목소리도 아니구."

"다른 여자가 아니고 전화기가 그러는 거예요. 집 비울 때 거기에 얘기할 게 있으면 하시라고."

"그건 아는데 목소리가 다르니 난 다른 여자가 느 집에서 전화를 받는가 하고……. 그래서 잘못 걸어 그렇나 해서 또 걸으니까 같은 목소리잔."

다른 땐 외출할 때면 보통 내 목소리를 녹음해 두거나 아내 목소리를 녹음해 두곤 했다. 그런 걸 엊그제 철원에 갈 땐 그냥 전화기 안에 내장되어 있는 기계음으

about to happen to you."

"He ran toward me and kept prancing around me."

"He didn't want you to ride him?"

"No, but he kept circling me."

"That's even better. He didn't try to butt you or harm you, did he?'

"No."

"It's good, then. So you saw a horse. You follow the solar calendar, so it's a good dream for the beginning of the year."

"Where are the kids?"

"They went up after lunch. Their cousins came from the city. They slept there the first night and slept here with their grandma yesterday."

"You should've told them to come back down for the night, especially for the first night."

"Let them be. Nothing wrong with sleeping there. It's their father's birth home."

I could practically see *Abuje* swell with pride when I prioritized his home for the kids' sleeping arrangements. In a warmer tone of voice, he asked, "Have you called them?" When I answered, "No, but I will after this," the warmth traveled through the telephone cables and filled my entire living room.

로 자동 응답 버튼을 눌러놓고 간 것이었다.

"요즘 아부제는 어디 편찮으신 데 없지요?"

"없어. 하는 일도 없이 노는 기 뭐 편찮을 데가 어데 인? 그래 전화는 왜?"

"아부제 새해 복 많이 받으시라고요."

"새해는 무슨, 이제 개설 지난 걸 가지구."

"그래도요. 어머니도 건강하시구요."

"그래. 우리야 늘 조심하지 뭐. 어멈도 자나 깨나 느 걱정 말고는."

"그런데 아부제."

"어."

"꿈에 말을 보면 어때요?"

"니가 말을 봤더나?"

"예. 전에 집에 있던 그런 말이 아니고 큰 말이오. 사람이 타고 댕기는……."

"좋은 거다, 그거. 뭐 좋은 일이 있을라는 모냥인데 니 한테."

"말이 내 앞으로 뛰어와서 자꾸 경중경중 뛰더라고 요."

"You better give them a call now."

"I will. But, *Abuje*..."

"Go on."

"What do you think about eating horse meat?"

"In a dream, you mean?"

"Well, that too."

"Did that happen in your dream?"

"No, it didn't."

"That's fine, too. It's okay in a dream, and it's okay in real life. I mean, I worked with the animal so I wouldn't do it, but people eat dog meat, too, don't they? All food is good. No need to be picky."

"I just can't seem to get the dream off my mind. Didn't know if it was good or bad. The fact that he kept prancing around me in circles..."

"It's good, I'm telling you. He didn't ask you to ride him, but running to you and prancing around, that's still good. I'm sure you haven't agitated any horses lately. You have no horse to bother even if you wanted to, right?"

"Then what happens if you had a dream like that after you agitated a horse?"

"That can't be good, I'd say. Seeing a person or animal after you've harmed it. Wouldn't you say?"

"Yeah."

"타라고는 안 하고?"

"그러지는 않는데 내 주위를 빙빙 돌면서요."

"그랬으믄 더 좋았을거르. 니를 떠받거나 해코지는 안 하구?"

"예."

"그럼 그것두 좋은 거야. 말을 봤으믄. 느는 양력으로 세월 가는 걸 아니까 정초 꿈이래도 괜찮구."

"애들은 지금 어디 있어요?"

"점심 먹고 나서 위에 올라갔잔. 즈 사촌들이 시내서 올라오니 모두 어울레서. 오던 날은 위에서 자고 어제 는 여기서 즈 할미하고 자고."

"인사만 하고 내려와 자라고 그러지 그러셨어요. 어제 는 올라가 자더라도 오던 첫날은."

"놔두어. 게서 자믄 어때서. 즈 아비 생가에서 자는 건 데."

내가 아이들의 잠자리를 첫날과 둘째 날을 분별해 말 하자 아부제는 금방 마음이 뿌듯해 오는 모양이었다. 한결 푸근해진 목소리로 위에는 전화를 했더나? 하고 물을 때 아뇨, 이제 해봐야죠, 하고 대답하자 표현을 하

30

"It's alright, your dream. It's a good dream so don't worry about it. Now go on and call your father."

"Okay."

"If the kids don't want to be separated from their cousins tonight, let them stay up there. Don't tell them they have to sleep at our place. Let them play together."

"Alright."

"How is the kids' mum?"

"We're both fine."

"Alright. Now hang up and call your father."

After the phone call with *Abuje*, my mind still didn't clear. Actually, it was like trying to remove a lump only to get another. The dream came after I ate that one piece of horse meat. And if that's the horse from the dream, in *Abuje*'s words, it couldn't be good. I hadn't harmed it alive, but eating its meat was probably just as bad, especially if that's the horse I saw in my dream. That's the only type of meat that Abuje, a horse carter, ever forbid eating. How I brought myself to eat it, knowing full well I'd regret it later, I have no idea. It hadn't even been cooked.

It happened about two months ago when I went to Japan for a literature symposium. After finishing

지 않아도 그 뿌듯함은 전화선을 타고 이쪽으로 와 거실 전체를 가득 채우는 듯했다.

"그럼 위에도 얼른 전화를 하잖구."

"예. 그런데 아부제."

"어."

"말고기를 입에 대는 건 어때요?"

"꿈에 말이다?"

"꿈이라도 그렇고, 생시라도 그렇고요."

"그런 꿈 꿨더나?"

"아뇨, 그런 꿈을 꾼 건 아니고요."

"괜찮아, 것두. 꿈이라도 괜찮구 생시라도 괜찮구. 나야 그 짐승 부렸으니까 안 그랬지만 사람이 개고기는 안 먹든? 뭐든 없어서 못 먹는 거지 일부러 가릴 건 없어."

"그런 꿈 꾸고 나니 왠지 기분이 좀 그래서요. 좋은 건지 나쁜 건지…… 말이 경중경중 뛰면서 자꾸 빙빙 돌던 게……."

"좋은 거랄수록. 타라고는 안 해두 니한테로 와서 경중경중 뛰고 했다믄. 니가 평소 말한테 해코지한 일도

32

the four-day program in a small rural city, our group left for Osaka. On the first night, we were so exhausted from the bus tour that we hit the sack as soon as our rooms were assigned. Behind the hotel were a lot of small pubs, and five of us from the group went out together the second night. We started out with drinks, heated rice wine or beer according to individual preference, and ordered meat skewers and a grilled seafood dish by pointing to the pictures on the menu.

We had been drinking for quite a while when someone pointed to something posted on the wall behind me. "I wonder what that is?" I turned around and could only make out one of the characters: 馬 (*ma*, meaning horse).

"Hmm. Maybe it's horse meat."

Underneath the Chinese character for horse were three Japanese characters.

"Hold on. 'Horse sashimi,'" someone who could read Japanese translated for us.

"Sashimi means it's raw, so it must be raw horse meat. Right?"

"Yeah, it just might be. Like steak tartare."

"Wow, I didn't know they ate that here. People eat just about everything."

없을 테구. 하기야 요즘은 뭐 그러고 싶어두 그럴 말이라도 인?"

"그럼 해코지한 다음 그런 꿈을 꾸면요?"

"그기사 좋을 게 없겠지만서두. 사람이나 짐승이나 해코지한 다음 다시 본다믄 아무래두 그렇지 않겐?"

"예에."

"괜찮아, 니가 꾼 꿈은. 좋은 거니까 그렇게 알구 어여 끊구 위에 아버지 계신데 전화나 혀."

"예."

"애들한테두 즈 사촌들 와 있는데, 안 떨어지려구 하는 걸 괜히 억지루 여게 내려와 자라구 하지 말구, 게서 그냥 어울레 놀다 자게 두구."

"예."

"어미 몸은?"

"괜찮아요, 저흰."

"그럼 끊어. 끊구 위에다 전화하구."

나는 아부제의 전화를 끊고도 여전히 개운한 마음이 아니었다. 아니, 혹을 떼려다 혹 하나를 더 붙인 듯한 느낌이었다. 내가 그놈의 고기를 입에 댄 다음, 꿈에 나타

The oldest member of our dining party recollect- ed the time he ate camel meat on a desert trip. Then he talked about a lizard dish eaten in the desert. Although, to be accurate, it wasn't a dish. It was simply desert lizards.

"Did you hear?"

"What?"

"I can't speak for myself since I've never tried it, but there's a story about an old man who went to the Middle East for work. He came back when his contract ended, but returned for the lizards."

"They must be really good. One of those unfor- gettable tastes you have to get more of."

"That's not it. They say desert lizards are the best for this." He put his arm on the table and flexed his muscles.

"He must've gone back there to regain stamina, then."

"That wouldn't make sense."

"What else could it be?"

"You know where Seoul High School used to be? That's where the Hyundai Group human resources headquarters are now. That's where they train la- borers before sending them to the Middle East. Well, I heard this from someone who heard it for

나 내게 모습을 보인 거라면 아부제 말대로 그건 좋은 꿈일 수 없었다. 살아 있을 때 해코지를 한 것은 아니지만, 죽은 다음 고기를 입에 대고 나서 꿈에 그놈을 본 것이라면 살아 있을 때 해코지를 한 것이나 다를 게 없었다. 더구나 말을 끌던 아부제가 예전 유일하게 가리고 금기하던 고기가 그것이었다. 그런 걸, 그러고 나면 내가 먼저 께름칙해지고 말 거라는 걸 알면서도 그때 어떻게 그것을 입에 댔던 것인지 모르겠다. 그것도 익힌 것이 아닌 날것을.

두 달쯤 전 일본에서 열린 어떤 문학 심포지엄에 갔을 때였다. 어느 지방 소도시에서 나흘간의 공식 일정을 마치고 일행 모두 오사카로 왔다. 첫날은 버스 여행에 지쳐 방 배정을 받기 무섭게 잠을 자고, 아마 다음 날 저녁때였을 것이다. 호텔 뒤편에 작은 술집들이 많았다. 일행 중 다섯 명이 함께 갔는데, 처음엔 저마다 입맛에 따라 데운 청주나 맥주를 시키고 안주로는 메뉴판의 그림을 보고 꼬치 안주와 철판에 구운 해물 안주를 시켰다.

"그런데 저건 뭐지?"

himself. These two guys ran into each other at the headquarters before being sent out for the second time. One was pretty old and the other was still young. So the young guy asks the older guy why he's going out again. The younger folk need to make more money, but isn't he old enough to stop working now? That's when he brought up lizards. He said his wife was desperate and begged him to go back."

"His wife? Why? He probably came back stronger after eating the stuff."

"Turns out he was too strong for his own good. When he was out there the first time, he heard lizard was good so he ate it as often as he could. But since he had nowhere to release himself, he had no idea how strong he was becoming until he got back to his wife. Apparently, the effects were immediate. Now think about it: If your 50-something-year-old husband came at you every night like that, and you were the same age, do you think you could keep up? She didn't know what it was he ate over there, but he came back like an animal. So she told him straight up, 'I'm getting old. If I do what you want me to like this every night, I'll surely die early.' She basically told him to go back—she

한참 술을 마시던 중 누군가 내가 앉은 자리의 뒤쪽 벽에 붙어 있는 안주 이름을 가리켰다. 돌아보았을 때 내가 아는 글자는 거기에 쓰여 있는 마(馬) 자 한 자뿐이었다.

　"글쎄. 말고기라는 뜻인가."

　한자로 '馬'라고 쓴 아래 일본 글자 세 자가 더 붙어 있었다.

　"가만 있어봐. 말 사시미……."

　누군가 그 일본 말을 읽었다.

　"사시미라면 회를 말하는 거고, 그러면 이거 말고기 생거라는 얘기 아니야?"

　"그래, 그럴지도 모르겠다. 쇠고기 육회처럼."

　"이야, 여기선 그런 것도 먹네. 정말 별걸 다 먹어."

　그러자 일행 중 제일 나이 든 선배가 사막 여행 때 낙타 고기를 먹어봤다는 얘기를 했고, 그 얘기 끝에 사막 도마뱀 요리에 대해 말했다. 아니, 요리라는 말을 붙일 것도 없는 그냥 사막 도마뱀 얘기를 했다.

　"느 그거 알아?"

　"뭘요?"

didn't care whether he ate some more lizards or not there—but come back when he's older."

"Aw, c'mon."

"What do you mean, 'c'mon?' Why would I go through all that trouble to tell the story if it weren't true? That horse sashimi may have similar effects. Horses have got some big goods, you know. They may be smaller than cows, but their goods are more than double the size of cow goods."

"Why don't we order some for ourselves?"

"Should we?"

"Yeah, not a lot, though. Just one order."

The conversation flowed naturally from lizards back to horse sashimi. It appeared that horse sashimi had piqued everyone's curiosity from the start, and not because of our discussion. When I heard of horse sashimi for the first time, I, too, wanted to see what it looked like and how it was served. A part of me, however, didn't feel comfortable with the name of the dish itself, thinking about the horse we raised when I was young.

"Aye, aye. Sumimasen."

Half-playfully and using elementary Japanese, someone called for the forty-something waitress and ordered horse sashimi, saying "horse" in Eng-

"난 안 먹어봐 모르겠는데, 중동에 일꾼으로 나갔다가 들어온 노인네가 도마뱀 때문에 다시 중동에 나간 얘기 말이야."

"그게 그렇게 맛있나. 한 번 먹으면 다시 안 먹고 못 배길 만큼."

"그게 아니고, 사막 도마뱀이 이거에 아주 최고라는 거야."

선배는 탁자 위로 내민 팔뚝을 끄덕여 보였다.

"그럼 중동에서 돌아온 다음 양기가 떨어져서 다시 나간 모양이죠 뭐."

"그러면 애초 얘기도 안 되는 거지."

"그럼요?"

"거 왜 옛날 서울고 자리에 현대그룹 인력 본부가 있었잖아. 중동으로 나가는 노무자들 뽑아서 교육하는 데 말이야. 거기서 어떤 사람이 실제로 들은 얘긴데, 지난번에도 중동에 나갔다 들어온 사람 둘이 거기서 다시 만났거든. 한 사람은 늙수그레하고 한 사람은 좀 젊고 말이지. 그래서 젊은 사람이 나이 든 사람한테 우리야 젊으니 돈 더 벌려고 나간다지만 당신은 이제 그만 쉬

lish. The waitress didn't understand until someone pointed to the sign on the wall. "Hai, hai," she responded, returning shortly after with a small plate. The meat was cut into thin strips, like carrots sliced thinly lengthwise, and arranged like petals on a flower. The color and marbling of the meat was similar to that of sliced beef.

"We're hesitant because we know what it is. But it looks just like beef."

The oldest member of our group inspected the plate from different angles under the light as he spoke. "Didn't merchants used to disguise horse meat as beef?"

The second oldest member spoke. Both of them had never seen or tasted horse meat before, but they had both heard about people eating it during the Korean War. But I'm sure it wasn't just during the war. I'd never seen it either, but I'd heard *Abuje* talk about people who ate horse, and I'd even seen people come to our house to collect our dead horse. I kept my mouth shut.

"That must mean beef was more expensive. Horses cost more than cows, though."

"It probably was. It may taste the same, but we feel differently about it."

지 뭐하러 다시 나가느냐니까 도마뱀 얘기를 하더라는 거야. 말도 마라고, 마누라가 죽겠다고 떠밀어서 다시 나간다고 말이지."

"마누라가 왜요? 그거 먹어 힘도 좋을 텐데."

"좋아도 너무 좋아노니 탈인 거지. 이 사람이 먼저 나갔을 때 그게 좋다는 얘기를 듣고 틈날 때마다 거기서 그걸 잡아먹었거든. 그런데 거기선 그걸 써먹을 데가 없어서 몰랐는데 귀국해 들어와 마누라를 안아보니 대번에 효과가 나타나는 거라. 그러니 젊은 나이도 아니고 쉰이 훨씬 넘은 나이에 밤마다 해 젖히니 동갑내기 마누라가 배겨나나. 마누라가 보기에 이게 중동에 나가 뭘 먹고 왔는지 사람이 아니라 완전히 짐승이거든. 그래서 남편한테 아주 대놓고 하소연했다는 거야. 나도 이제 나이가 있는데 말이지 당신 하자는 대로 밤마다 그렇게 하다간 제명에 못 죽을 것 같으니 다시 거기 나가 뱀을 잡아먹든 뭘 잡아먹든 더 늙은 다음에 들어오라고 말이지."

"에이……."

"에이는 이 사람아. 남 힘들게 얘기하는데. 저 말 사시

42

"True…"

"I can't really tell right now, but they say horse meat is redder."

The oldest member proceeded to explain the origin of *sakura*. He explained that the term we used to describe two-faced politicians didn't originate from cherry blossoms, but from horse meat. Horse meat was redder than beef, and horse meat disguised as beef was called *sakura*. So politicians who were impostors began to be referred to as *sakura*. However, the term now carries a pro-Japanese connotation, since it directly translates to the Japanese cherry blossom.

"But this isn't that red. It's a bit pale. Maybe it's mule meat."

"Maybe it was frozen first and then sliced."

"How do you know so much? Did your family sell mule meat or something?"

Everyone else laughed at the question, and even though it hadn't been directed at me, I reached into my pocket for a cigarette and put it in my mouth, pretending I didn't hear it.

"Let's see here. Seven hundred *yen* is more than 10,000 Korean *won*. If we're paying this much, we'd better eat it. There are five of us and five pieces.

미라는 것도 좀 그런 게 있는지 몰라. 말도 이게 크잖아. 소보다는 덩치가 작아도 이거 크기는 몇 배로 더 크고 말이지."

"그럼 우리도 한번 시켜보죠 뭐."

"그럴까?"

"그래요. 많이는 말고 하나만."

도마뱀 얘기를 거치는 동안 조금 끈적해지기는 했지만 얘기는 다시 자연스럽게 말 사시미 쪽으로 돌아왔다. 그러나 그래서라기보다는 처음부터 다들 말 사시미가 어떻게 생긴 것인지 궁금해 하는 눈치들이었다. 나도 누군가 말 사시미라는 말을 읽어준 다음 그것이 어떻게 생긴 것이며 또 어떤 모습으로 나오는지 궁금했다. 그러면서 마음 한편으로는 어린 시절 집에서 키우던 말 생각으로 말 사시미라는 말만으로도 왠지 께름칙해지는 기분이었다.

"어이, 어이, 스미마셍."

누군가 장난 반의 서툰 일본 말로 사십 대 여자 종업원을 불러 '호스 사시미'를 시켰다. 여자는 '호스'의 뜻을 못 알아듣다가 벽에 붙여놓은 안주 이름을 가리키는 손

Perfect. We each get a piece."

"Sounds good. Let's go for it. Just because we haven't had it before doesn't mean it's inedible."

The bravest of the bunch picked up a piece with his chopsticks and chewed it slowly. "Not bad," he said. The next person reached for a piece saying, "I'll eat anything someone else is eating, even if it's a worm." Eventually, there was only one piece left and the entire plate was pushed in front of me.

"Hey, Suho Lee. Don't back out. Give it a try."

"Maybe later."

"Just try it. It's not gonna kill you."

"Yeah, it's now or never. It's not every day you get a chance to try horse."

Perhaps this is how accomplices end up committing crimes. It was as if everyone else had painted their faces black already and, seeing that I didn't, urged me on. My chopsticks reached for the plate but backed out again.

"You've got quite the weak stomach, huh? Can you eat raw beef?"

"That's a different story."

"Then you can eat this, too. Unless you've got some family history that forbids eating horse."

"What does family history have to do with it?

가락을 보고 나서야 하이, 하이, 하고 물러났다. 잠시 후 작은 접시에 나온 그 말 사시미는 마치 당근을 얇게 썬 것 같은 모습으로 길쭉한 다섯 장의 꽃잎 모양으로 놓여 나왔다. 색깔도 고기 결도 꼭 그런 모양으로 저며 내온 쇠고기 같았다.

"말고기라니 우리 생각에 좀 그렇게 보이는 거지 생긴 건 쇠고기하고 똑같네."

나이 든 선배가 불빛에 이리저리 고기 접시를 비춰보며 말했다.

"그래서 옛날에 말고기를 쇠고기라고 속여 팔았다지 않습니까?"

그다음으로 나이 든 선배가 말했다. 두 사람 다 본인이 직접 말고기를 보거나 먹어본 적은 없지만 육이오 때만 해도 그걸 먹었다는 얘기를 들었다고 했다. 그러나 어디 육이오 때뿐이겠는가. 나 역시 고기는 본 적이 없어도 그보다 썩 후에까지 아부제한테 말고기를 먹는 사람들의 얘기를 들은 적이 있고, 죽은 말고기를 가지러 집으로 온 사람들을 본 적이 있지만 입을 다물고 있었다.

Dairy farmers eat cow, and horse handlers eat horse," the man who explained *sakura* commented. There was no way he knew my past, but his words went straight to my heart and they bothered me. I had waited too long and knew I couldn't sit there with the plate in front of me with everyone egging me on like that forever. Knowing that the discomfort I'd experience after putting it in my mouth would stick around for a while, I picked up that piece of meat resembling a sliced carrot and arranged as a flower petal, squeezed my eyes shut, and put it in my mouth. Without biting down even once, I washed it down with the beer I was holding in my other hand.

"There you go. Want us to order you another?"

I set the remaining beer aside and filled my beer glass with sake. I filled and refilled my glass with the much stronger Japanese alcohol until we left. I don't know how much I drank. I refilled the glass before it was empty and ordered more alcohol before the bottle was empty.

I felt it the very next morning. Heartburn kicked in at dawn and I started dry heaving. I've had hangovers from heavy drinking before, but none like this. Something kept churning in my stomach and

"그럼 쇠고기가 말고기보다 비쌌던 모양이지? 살아 있는 건 말이 비싸도 말이지."

"아무래도 그렇잖겠습니까? 맛이야 그게 그거라 해도 기분상 차이가 있는 거니까."

"하긴⋯⋯."

"그런데 이걸로 봐선 잘 모르겠는데, 사실 쇠고기와 비교했을 때 말고기가 더 뻘겋답니다."

그러면서 그 선배는 '사쿠라'에 대해서 말했다. 우리가 변절 정치인을 '사쿠라'라고 부르는 것이 사실은 벚꽃에서 나온 말이 아니라 말고기에서 나온 말이라는 것이었다. 말고기가 쇠고기보다 붉고, 그래서 쇠고기라고 속여 파는 말고기를 '사쿠라'라고 부르고 변절 정치인을 가짜라는 뜻으로 그렇게 불렀던 것인데, 우리는 그 말이 당장 일본 국화 벚꽃을 가리키는 말이니까 거기에 친일파라는 뜻까지 넣어 변절 정치인을 그런 의미로 해석해 부른다는 것이었다.

"그런데 이건 붉지 않고 좀 히끗히끗하네. 노새 고긴 가."

"냉동했다가 얇게 썰어서 그런 모양이죠, 뭐."

agitating my mind. It was the horse. That day, I followed the group as they toured the city of Nara, but I couldn't tell where I was, let alone which country it belonged to. The herd of deer we saw at Nara Park reminded me of the horse, and the crackers that people fed the deer reminded me of the sashimi. My stomach churned and I felt bloated. Medicine didn't help. If I had stayed in Japan any longer, I probably would've ended up in the hospital.

I figured I'd get better upon returning to Seoul, but I still couldn't seem to shake it off. It wasn't as bad as before, but the horse meat still bothered me. I thought about it when we had beef for dinner and when I saw thin slices of pork being cooked. No matter how much I tried, the sight of meat made me gag and I was reminded of the horse meat I had in Japan as well as the horse that *Abuje* raised when I was young. Even the chips that my kids ate reminded me of the deer food at Nara Park, which led to horses and horse meat. Both my stomach and mind were constantly uneasy. What made it worse was that I couldn't tell anyone about it. How could I tell someone that the horse meat I ate in Japan was bothering me and would dominate

"니 이제 보니 많이 아네. 느 집 옛날에 노새 푸줏간
했나?"

그 말에 다들 웃었지만 나는 나를 보고 하는 말이 아
닌데도 나에게 한 말을 못 들은 것처럼 시침을 떼느라
얼른 주머니를 뒤져 담배를 꺼내 물었다.

"가마이 있어봐라. 칠백 엔이면 이거 우리 돈으로 만
원 넘는 거 아이가. 비싼 돈 주고 시켰으면 먹어야제. 우
리가 다섯이고 이것도 다섯이고, 그럼 딱 맞네. 한 앞에
하나썩."

"그래요, 먹읍시다. 우리가 안 먹어봤던 거지 못 먹는
음식도 아니고……."

그래서 가장 용기 있는 한 사람이 먼저 젓가락을 가
져가고, 그걸 입에 넣고 우물거리며 뭐, 먹을 만하네, 하
니까 또 한 사람이 나는 누가 먼저 젓가락만 대면 그게
지렁이라도 따라서 대니까, 하면서 젓가락을 가져가
고……. 그러다 끝에 한 점 남은 게 접시째로 내 앞으로
오게 된 것이었다.

"야, 이수호, 그래 빼지 말고 니도 함 먹어봐라."

"좀 이따가요……."

a corner of my conscience for some time?

That probably explains the horse dream. When I awoke from it, I reasoned a dream about donkeys or mules would make more sense because I had grown up around them. Then again, even a dream about mules or donkeys would've made me run to the bathroom and vomit. That's how I felt about horses. Had something like that not happened to me in Japan, I still wouldn't have considered the dream a good one. Since I was young, I've never thought well of horses. It started before I was taken in by *Abuje*. I was labeled "the mule handler's adopted son" since the adults had arranged it well before I moved in. And after I brought Abuje back from Bongpyeong, I became "the mule handler's son," seeing how I ate there, slept there, and went to school there. Until then, I had called him Uncle or *Ajae* (a colloquial version of "mister").

The manuscript request I fought so hard to decline over the phone eventually became something I couldn't turn down. The person I spoke with called back. "Just a moment, sir," he said. "My manager would like to speak with you." The person on the other line turned out to be a junior colleague from college who worked on the school paper

"먹어봐라. 먹고 죽는 거 아니니까."

"그래, 이럴 때 먹는 거지, 언제 다시 우리가 말고기를 먹어볼 기회가 있겠다고."

아마 공범자 의식 같은 것이었을 것이다. 얼굴에 먼저 검정을 묻히고 나면 아직 안 묻히고 망설이는 사람에게 저절로 그런 채근을 하게 되듯 모두들 한마디씩 거들고 나섰다. 나는 젓가락만 접시 위로 가져갔다가 뺐다가 했다.

"하, 이제 보니 비위 되게 약하네. 니, 쇠고기 육회는 먹나?"

"그거야 이거하고 다르죠."

"그러면 이거라고 못 먹을 게 어디 있나. 말고기 먹으면 안 될 내력 가지고 있는 것도 아닐 테고."

"내력이 어디 있습니까? 옛날부터 소 키우던 집 소 잡고, 말 키우던 집 말 잡는 거지."

'사쿠라' 얘기를 하던 선배였다. 알고 한 말은 아닐 테지만 그 말이 무얼 알고 한 말인 것처럼 묘하게 가슴에 와 걸렸다. 남들처럼 일찍 젓가락을 가져가지 않아 그런 소리까지 듣고 보면 언제까지 같은 채근을 받으며

with me. We worked on a special feature article called "Marketplaces of Korea" during one summer break. From Daehwa to Bongpyeong, and then from Bongpyeong to Jinbu, we walked through the setting of "When the Buckwheat Flowers Bloom" together. He was a travel companion and friend. It was the late 1970s. There were no more peddlers selling their wares from donkeys like Heo Saeng-won, but you could still spot old vendors who, having saved up nothing from their younger days, carried their merchandise on their backs and hopped around from bus to bus on their way to the village markets that were held every five days.

"When did you start working there? I heard you worked for that company."

"I was moved to this department at the end of last year."

"Is that right?"

"So, you've got to write something for us while I'm here. I was the one who told him to call you. We did all that traveling together, too, *Hyeong* (older brother). Don't you remember? And you walked that road when you were young, riding the cart pulled by a donkey."

This situation was like a nail that could neither be

접시를 앞에 두고 앉아 있을 수도 없는 일이었다. 나는 그걸 입에 대고 나면 한동안 께름칙한 기분에서 벗어나지 못할 거라는 걸 알면서도 당근을 썰어 만든 꽃잎 같은 그것을 젓가락으로 집은 다음 질끈 눈을 감고 입에 넣었다. 그리고 어금니 한 번 눌러보지 않은 채 다른 손에 들고 있던 맥주로 그것을 삼켜버렸다.

"잘 먹네. 하나 더 시켜줄까?"

그때부터 나는 이제까지 마시던 맥주를 옆에 미뤄두고 그 집을 나올 때까지 연신 맥주잔에 '사케'라는 일본 소주를 부어 마셨다. 얼마를 마셨는지 모른다. 잔이 비기도 전에 잔을 채웠고, 병이 비기 전에 다시 술을 시키곤 했다.

탈은 당장 다음 날 아침에 있었다. 새벽부터 속이 쓰리며 자꾸 헛구역질이 나던 것이었다. 과음하긴 했지만 평소 경험했던 술탈과는 다른 무엇이 계속 속을 볶아대고 머릿속을 휘저어대고 있었다. 말이었다. 그날 관광 코스였던 나라[奈良] 지역이 대체 어느 나라 어느 지역에 붙어 있는 것인지 모를 정신으로 일행을 따라 다녔다. 나라공원 여기저기를 돌아다니는 사슴 떼를 볼 때

pulled out nor driven in any further.

"Then you should've called from the start, man."

"I wanted to surprise you. That, and I didn't think calling you about a manuscript after all this time was the best idea."

"I've been busy lately. I've got a lot to do."

"Please do it. It'll only take you one evening, anyway. Plus, you can reminisce about our travels there. And when you're done, we can meet up for a drink. It's the perfect excuse."

It was something I couldn't refuse blindly. I had turned it down the first time without knowing who it was for, but after talking with my colleague on the phone, there was no way for me to back out of it. I couldn't tell him about my dream, and I couldn't tell him that anything about horses or even remotely related—whether directly or indirectly so—disgusted me.

So I sat at my desk that evening, resolved to finish and be done with the dreaded piece in one sitting, much like how I felt swallowing that piece of horse meat with beer.

에도 말 생각이 났고, 그 사슴들에게 주는 전병 모양의 사슴 과자를 볼 때에도 어제 먹은 말 사시미 생각에 속이 울렁거리고 거북했다. 약을 먹어도 다스려지지 않았다. 아마 일정이 사흘만 더 길었다면 나는 그곳에서 병원 신세를 지고 말았을 것이다.

서울로 돌아오면 나아지겠지 했지만 돌아와서도 기분은 여전히 그랬다. 처음보다 나아지기는 했지만 수시로 그 말 사시미가 나를 괴롭혔다. 식탁에 오른 쇠고기를 볼 때에도 그랬고, 얇게 썰어 구운 돼지고기를 볼 때에도 그랬다. 고기만 보면 암만 참으려 해도 먼저 구역질이 나고, 일본에서 먹었던 말고기와 어린 시절 아부제 집에서 키우던 말 생각이 났다. 아이들이 먹는 과자를 봐도 나라공원에서 본 사슴 과자 전병과 사슴, 그러다 또 그때 입에 댄 말고기와 말 생각으로 수시로 배 속과 머릿속이 편하지 못했다. 그렇다고 그걸 누구에게 이야기할 수도 없는 노릇이었다. 일본에 가서 말고기를 먹어 그게 가슴에 얹히고, 앞으로도 당분간 내 의식의 한 끝을 껄끄럽게 지배할 것 같다고…….

말 꿈도 아마 그래서 꾸었을 것이다. 꿈을 꾸다 깼을

I was born underneath Daegwallyeong and grew up seeing its mountain shadows and drinking its waters, but it wasn't until the summer of my first year in middle school that I crossed the mountain pass for the first time. I left in search of my older cousin who worked at Bongpyeong post office.

I walked 20 *li* down to the village center to catch the local bus headed for Daehwa from Gangneung. The bus created clouds of dust as it wound its way up the road of ninety-nine bends for three-and-a-half hours. I got off at Jangpyeong and rode another bus for an hour to reach Bongpyeong. Although I left early in the morning and was on the bus for combined four-and-a-half hours, I didn't arrive until late in the evening because of the time it took to walk to the bus stop and wait for the buses twice.

Unfortunately, I was too young to know that Bongpyeong was the actual stage of Yi Hyo-seok's novel, "When the Buckwheat Flowers Bloom." What I can remember from that trip is the late night market scene and the interior of Nampo Dabang Coffeehouse when I followed my cousin inside for the first time. The day I got there happened to be market day. While waiting for my cousin to get off

땐 차라리 나귀이거나 노새였다면 어린 시절 늘 그걸 보고 자랐으니 충분히 그럴 수 있겠다고 생각해 다른 데까지 그걸 연결시켜 생각하지 않았을 거라고 했지만, 그건 말 꿈을 꾼 다음의 생각이지 만약 그랬다면 그 자리에서 화장실로 달려가 토악질을 했을 것이다. 내게 말이라는 건 그랬다. 일본에서 그런 일 없이 그런 꿈을 꾸었다 해도 나는 그 꿈을 좋은 꿈으로 생각하지 않았을 것이다. 나는 어릴 때부터 말에 대해서 한 번도 좋은 생각을 가져본 적이 없었다. 그건 아부제 집에 양자로 들어가기 전부터 그랬다. 집에는 안 들어가 살고 어른 들이 그냥 아부제의 양자 아들로만 정해 놨을 때에도 내 별명은 이미 '노새집 양재'였다. 집 나간 아부제를 찾아 봉평에 다녀온 다음엔 밥도 거기서 먹고 잠도 거기서 자고 학교도 거기서 다니는 '노새집 아들'이 되었다. 그때까지는 아부제라고 부르지 않았다. 당숙이라고 부르거나 아재라고 불렀다.

전화로 힘들게 거절했던 그 사보의 원고는 얼마 후 다시 쓰지 않을 수 없게 되었다. 먼저 전화를 했던 담당자가 다시 전화를 해서 잠깐만요 선생님, 우리 과장님

work, I witnessed a marketplace scuffle, browsed clothing at dry goods shops, saw donkeys tied to posts by their owners, and watched as children of the marketplace pestered the donkeys by poking at their penises when the adults weren't paying attention. When my cousin came for me, I followed her into Nampo Dabang Coffeehouse. It wasn't until later (my first year of middle school in 1969, to be exact) that electricity came to both our village underneath the mountain pass and Bongpyeong. The coffeehouse, which was the only coffeehouse in the near vicinity, lit kerosene lamps at night and made coffee over a charcoal fire in a small furnace. The name Nampo came from the word for kerosene lamp.

I beheld the setting of Yi Hyo-seok's novel before having been exposed to his work. Though it had been written in 1936, more than thirty years before my first visit, I'm sure not much had changed—the way of life in inland Gangwon-do Province, the road conditions, or the market scene in villages without electricity. Sure, some commodities had become more modern, like coffeehouses selling coffee prepared over a charcoal fire and dry goods stores selling nylon socks and nylon cloth-

바꿔 드릴게요, 하고 전화를 바꾼 사람이 예전에 학교 다닐 때 같은 대학의 교지 편집실에 있던 후배였다. 후배도 그냥 후배였던 것이 아니라 여름방학 동안 '한국의 장터를 찾아서'라는 기획 기사를 취재하며 대화에서 봉평, 또 봉평에서 진부까지 「메밀꽃 필 무렵」 속의 무대를 함께 걸어 여행했던 친구였다. 1970년대 후반의 일이었다. 그때는 허생원처럼 나귀를 끌고 다니는 장돌뱅이는 없었지만 젊은 날 벌어놓은 게 없어 조선달처럼 등짐을 지고 이 버스 저 버스 눈총받으며 옮겨 타고 다니는 나이 든 장돌뱅이들이 아직도 오일장을 찾아다니고 있었다.

"거긴 언제 갔는데? 그 회사 있다는 얘기는 들었지만……."

"지난 연말에 이쪽 부서로 자리를 옮겼어요."

"그랬어?"

"그러니까 내가 여기 있을 때 하나 써줘야지요. 내가 일부러 형한테 전화를 걸라고 시킨 건데. 우리, 전에 그렇게 다니기도 했었고. 형, 그때도 그러지 않나? 어릴 때에도 그 길 걸어봤다고. 나귀가 끄는 마차를 타

ing instead of the textiles that Heo Saeng-won and Jo Seon-dal used to sell. And peddlers who used to be called by their first names were now addressed as Mr. Heo or Mr. Jo. But they still carried their wares on their backs or on the backs of donkeys and travelled from market to market. The buses, which ran only a few courses a day and were packed like bean sprouts, had no room for their baggage. The names of restaurants or pubs, with the exception of a few Chinese places, were still the same style: Chungju-jip, Jaecheon Sikdang, Jinbu-ok, and Gangneung-ok. The signboards hung from the eaves of the roofs, made of half slate tiles and half thatched with straw.

Well, I was lying from the start. It's true that my older cousin worked at the post office in Bongpyeong, but she wasn't the person I was looking for. I was actually looking for my uncle, who left home a few months before and had yet to return. My uncle and adoptive father was in his forties but had no children. He had been married for more than fifteen years, but Aunt couldn't bear children. He had no one to call him *Aebi* (Dad), except when he was referred to as the "mule *aebi*," which was worse

고……."

아마 이럴 때 쓰는 말이 빼도 박도 못 한다는 말일 것
이다.

"인마, 그럼 애초에 니가 전화를 했어야지."

"놀라게 하려고 일부러 그랬지요. 오랜만에 전화를 하
면서 원고 얘기를 하는 것도 좀 그렇고 해서……."

"바빠, 요즘. 해야 할 일도 많고."

"그래도 써요. 하룻저녁이면 할 일을 가지고. 옛날 거
기 취재 떠났던 일도 생각하면서. 그리고 원고 다 되면
나와서 저하고 소주도 한잔하고요. 원고 핑계 삼아 술
한잔하자는 얘기니까."

그러니 무작정 거절할 수만도 없는 일이었다. 처음엔
몰라서 못 쓴다고 그랬지만, 후배의 전화까지 받으면서
더 어떻게 뻗댈 수가 없었다. 그 친구에게 꿈 얘기를 할
수도 없는 일이었고, 직접적이든 직접적이지 않든 말
얘기라면 그것과 연관되는 어떤 것도 지긋지긋하다는
말도 할 수 없었다.

그래서 그날 저녁, 말고기를 맥주로 삼키듯 하기 싫은
일 차라리 단매에 끝내고 말지 하는 생각으로 책상에

than being cursed at. At that time, he reared a mule named Silver Star, a fiery brown-haired animal with a star-shaped patch of white hair on his crown.

The adults decided that my father's younger brother would adopt me when I was in the fourth grade. My parents already had many sons, but Aunt was barren, something she didn't learn until she was hospitalized for another condition. "Turns out she was a *dulchi* from the start," the adults would say behind her back. I didn't know *dulchi* was only used to describe sterile animals and not people until much later. I don't think the adults decided to give me up because of the fact that Aunt couldn't have children but, rather, to help fill the pain of their broken-heartedness. Though the matter involved me, everything happened without my awareness. They never asked or told me anything. It was solely the decision of the adults, including Grandfather and Great Uncle. It wasn't until the villagers started calling me "the mule handler's adopted son" that I realized what the adults were talking about in the study all the time. Since it wouldn't be right for Father, the eldest son in his family, to send his firstborn son to his younger brother, the adults had to choose between the remaining three sons.

앉았다.

　대관령 아래에서 태어나 대관령의 산 그림자를 보고, 대관령의 물을 먹고 자라면서도 한 번 그 영을 넘어보지 못한 내가 처음 그 영을 넘었던 건 건 중학교 1학년 여름방학 때 봉평우체국에 근무하는 친척 누이를 찾아서였다.

　대관령 아래 면 소재지 마을까지 이십 리를 걸어 나가 강릉에서 올라오는 대화행 완행버스를 타고 먼지 풀풀 날리는 아흔아홉 굽이 고갯길을 넘어 세 시간 반 만에 장평에 도착해 거기서 다시 차를 갈아타고 한 시간 만에 가 닿은 곳이 봉평이었다. 차를 탄 건 네 시간 반 동안이었지만, 차를 타기 위해 걸어 나온 시간, 차를 기다리던 시간, 또 차를 갈아탈 때 지체했던 시간 때문에 아침 일찍 나온 걸음이었는데도 오후 늦게나 그곳에 닿았다.

　그러나 유감스럽게도 나는 그때 너무 어려서 내가 처음 큰령을 넘어 찾아간 그곳 봉평이 이효석의 「메밀꽃 필 무렵」의 실제 무대라는 것을 알지 못했다. 지금도 기

Uncle and Great Uncle suggested me, the third-born son.

"Why me and not little *hyeong*?" I complained to Mother upon learning of the adults' decision.

"Your uncle and aunt want to raise you. Your father and I didn't choose to send you. It was up to them."

She didn't say it just to make me feel better; it was most likely the truth. My second-eldest brother was in his last year of middle school and old enough to know what was going on at home without being told. He would've flat out refused to be adopted by Uncle, a mule handler. (He would've refused no matter what Uncle did for a living). So Uncle and Aunt, not wanting to cause more trouble, requested the young and clueless me. My baby brother, born after my younger sister, was still breastfeeding, so Uncle and Great Uncle probably figured it would be ages before he could perform any filial duties.

"I'm not going."

"You don't have to go live there now. You just have to take over their ancestral rites when you're older."

"I'm still not going."

억나는 건 그곳의 늦은 장 풍경과 누이를 따라 처음 들어가 본 '남포다방'의 풍경이다. 마침 가는 날이 장날이라 누이가 퇴근하기를 기다리는 동안 나는 그곳 장터의 난전도 구경하고 나일론 양말과 나일론 옷들을 파는 포목전의 옷가게들도 구경하고, 장터 곳곳에 매여 있는 장돌뱅이들의 나귀도 구경하고, 어른들의 눈을 피해 그 나귀의 왕자표 노새 자지를 툭툭 건드리며 나귀를 못살게 구는 각다귀 떼들(장터 아이들)도 구경했다. 그리고 누이가 퇴근한 다음, 따라 들어가 본 남포다방. 다방 이름이 '남포다방'이었던 것이 아니라 내가 중학교 1학년이던 1969년 때까지 봉평도 큰령 아래의 우리 마을과 마찬가지로 아직 전기가 들어오지 않아 장터가 있는 면 소재지의 단 하나뿐인 그 다방도 그렇게 밤이면 남폿불을 켜놓고, 작은 화덕에 숯불로 커피를 끓여 팔았던 것이다.

그러니까 나는 아직 이효석의 「메밀꽃 필 무렵」을 읽기도 전 그 소설의 무대를 거의 원형에 가깝게 보았던 셈이다. 작품이 쓰여진 건 1936년의 일로 내가 본 것보다 삼십여 년 전의 일이었지만, 당시 강원도 내륙 지방

But things were not meant to go my way. When autumn came that year, Great Uncle suddenly passed away and, as young as I was, I was dressed in new hemp clothing and rushed to partake in the funeral proceedings. That was just the beginning. During the last year of the three-year mourning period, I was called to Uncle's house every morning of the first and fifteenth day of the month to serve alcohol and bow to the deceased spirit in front of the memorial altar with Uncle according to the customs.

I did what I was told, but I would protest, saying, "I'm not going!" all the time. I hated that I had to be adopted, but I was ashamed of becoming "the mule handler's son" even more.

Each time I returned from Uncle's house, I whined to Mother, "I'm not going, so take me back in." "Do you know how large your Uncle's fortune is? Just stay put and do as you're doing now and it'll all be yours one day."

"I don't want any of it, so take me back. I'm not going to be taken in by mule handlers."

"Do you think anyone can rear and handle horses? It takes money and diligence, you know."

"They could raise cows instead."

의 사람살이와 도로 사정도 그렇고, 전기가 들어오지 않은 마을의 장터 풍경이란 그렇게 달라진 것이 없을 것이다. 아마 달라진 것이 있다면 숯불로 커피를 끓여 파는 다방이 들어서듯 허생원과 조선달이 피륙을 팔던 드팀전이 그때 막 대중화되기 시작한 나일론 양말들과 나일론 옷들을 파는 포목전으로 바뀌듯 몇 가지의 물건들이 시절에 따라 좀 더 현대화된 것과, 또 생원이니 선달이니 하고 불리던 장돌뱅이들의 호칭이 허 씨, 조 씨하고 불리던 것들일 것이다. 그들은 여전히 등짐이 아니면 나귀에 물건을 싣고 이 장 저 장을 떠돌아다녔다. 하루에 고작 몇 행보씩 다니는 콩나물시루 같은 버스가 그들의 짐을 받아줄 턱이 없었다. 장터의 음식점이나 술집 이름들도 두세 개의 중국집을 빼면 여전히 '충주집', '제천식당'이거나 '진부옥', '강릉옥'들이란 간판을, 반은 기와지붕, 반은 초가지붕 처마에 내걸고 있었다.

그러나 시작부터 나는 거짓말을 하고 있었다. 그때 봉평우체국에 근무하는 친척 누이가 있었던 건 사실이지만 나는 그 누이를 찾아갔던 것이 아니라 몇 달째 집을

I hated that the animal was a mule. The oxcart driver in the village thought lowly of Uncle and made it obvious, calling him "mule" as if that were his name. The other villagers thought no differently. He could've farmed, but he left that to Great Uncle and Aunt while he took the donkey each morning to the city (Gangneung). This continued even after Great Uncle died. He and the donkey would haul bricks in the city or go toward the national forest and tow logs from the lumberyard. He was diligent by nature, but it was the work he did with his mule that amassed him such a large fortune.

So it was strange when Uncle didn't come home. He was the type who would return home faithfully every night, but when I was in the sixth grade, he disappeared for five, sometimes ten days at a time.

"Look, your uncle doesn't want to come home because of the way you're acting."

The adults blamed me for being so cold around him, but I couldn't care less if that was true or not. In fact, I hoped it was. The words "I'm not going" slipped out of my mouth regardless of time or place. I blurted it out in front of the adults, making them uncomfortable. I didn't like being someone

나가 있는 당숙을 찾아 봉평에 갔던 것이었다. 내 양아버지인 당숙은 그때 이미 나이가 마흔이 넘었는데도 밑에 아이가 없었다. 결혼한 지 십오 년이 넘는데도 당숙모가 아이를 낳지 못하는 것이었다. 유일하게 '애비'로 불리는 말이 있다면 그건 '노새 애비'라는 차라리 쌍욕보다 못한 호칭뿐이었다. 그때 당숙은 '은별'이라는 노새를 끌고 있었다. 붉은 기운이 도는 갈색 몸통에 정수리 한가운데만 별처럼 흰 털이 난 노새였다.

　어른들 사이에 내가 작은집의 양자로 정해진 건 국민학교 4학년 때의 일이었다. 우리 집엔 아들 형제가 많았고, 그때 당숙모는 몸의 다른 곳이 아파 병원에 입원했다가 처음부터 아이를 낳을 수 없는 몸이라는 말을 들었다고 했다. 아파서 그런 게 아니구 애초 둘치라는구면. 당숙모가 없는 앞에서 어른들은 그렇게 말했다. 그래서 나는 둘치라는 말이 짐승에게 쓰는 말이 아니라 당숙모 같은 사람들에게 쓰는 말인 줄 알았다. 아마 어른들이 나를 일찍 작은집 양자로 정했던 건 이제 앞으로도 당숙모가 아이를 낳을 수 없게 된 것을 알아서라기보다는 그때 당숙과 당숙모의 실의를, 나를 양자로

else's son, but I also didn't like being the son of "the mule handler" who others looked down on. Sometimes my friends and I would run into Uncle on the street pulling his cart. When I saw the mule's huge penis dangling behind his belly, I felt like I was standing naked in front of my friends. And if some of the neighborhood girls happened to walk by, I wanted to quit school right then and there. So if I spotted Uncle from a distance, I would run away.

The adults thought things would get better with time, but being Uncle's son became more unbearable after I entered middle school the following year. Uncle and Aunt said that going to middle school required a lot of money, so they purchased my school uniform and gave Mother money for my tuition, which she gave to me. Mother always told me to be grateful to them, but I didn't want to hear it.

"If this had never happened, they wouldn't have to give me anything."

"Still, you mustn't act this way."

"They can keep it up, but I'm still not going."

"Who's telling you to go?"

"Well, I'm not going there later, either. You bet I

보내 메워주려는 배려 때문이 아니었나 싶다. 그것은 또한 내 문제이기도 한데 모든 일이 나 모르게 이루어진 것이었다. 나한테 묻지도 않았고, 얘기해 주지도 않았다. 할아버지와 작은할아버지를 포함해 그냥 어른들이 일방적으로 그렇게 정한 것이었다. 나는 마을 사람들이 나를 '노새집 양재'라고 할 때야 비로소 어른들이 그 일 때문에 늘 사랑에 모였었구나 하는 것을 알았다. 작은집으로 가는 양자니까 큰아들이 갈 수는 없고, 나머지 세 아들 가운데 하나를 지목하라니까 작은할아버지와 당숙이 셋째 아들인 나를 지목했다는 것이었다.

"그럼 작은형을 보내지 왜 날 보내?"

당숙의 양자로 정해진 걸 알고 내가 처음 어머니에게 따진 말은 그것이었다.

"작은집에서 널 들이겠단다. 아버지 어머이가 너를 보내는 게 아니라, 누구를 들이겠느냐니까."

나를 달래기 위한 말이 아니라 실제로도 그랬을 것이다. 그때 작은형은 중학교 3학년이어서 집안에 무슨 일이 있는지 말하지 않아도 알았을 테고, 노새를 끄는 작은집(아니, 노새를 끌지 않더라도)에 자기는 죽어도 양자로

72

won't."

That was the only campaign I could wage against Father and Mother and Uncle and Aunt. Whenever I ran into Uncle on his way home from work, he wanted to give me a ride in his cart, but not once did I get on. The other kids from school would ask for a ride or race to the cart and throw their backpacks in first before jumping in themselves without asking. It didn't have to be Uncle's cart—I avoided any and all carts and, if I couldn't, I turned my head in the other direction, signaling my disinterest in a ride.

"All the other kids want a ride. Why don't you?" Mother asked. Uncle never said anything along those lines. When I wouldn't ride, he would return the backpack he had insisted on loading into the cart and tell me to walk safely home. He knew I hated the mule. Rather, he knew that I hated *him* because of the mule.

"Do you have to ask?" I responded to Mother. "They ride it because they have no relation to him. I would too."

"Still, you mustn't act this way."

"It's not too late to send little *hyeong* instead of me, you know."

가지 않을 거라고 분명하게 말했을 것이다. 그리고 그런 것들을 짐작하고 있는 작은집에서도 일을 껄끄럽게 처리하는 것보다는 부드럽게 처리하자는 뜻에서 아직 무얼 모를 것 같은 나를 지목했을 것이다. 또 나를 낳고 나서 그사이에 여동생 낳은 다음 낳은 막내는 아직 젖먹이나 다를 게 없어 작은할아버지나 당숙이 보기에도 어느 세월에 절 받고 잔 받을까 싶었을 것이다.

"나는 양재 안 가."

"누가 지금 가서 살라나? 나중에 작은집 제사만 맡으면 되지."

"그래도 안 가."

그러나 그게 어디 내 마음대로 될 일이던가. 그해 가을 덜컥 작은할아버지가 세상을 뜨자 나는 단박 새로 지은 베옷을 입고 불려 나가 어린 상제 노릇을 해야 했다. 게다가 탈상 전 일 년 동안 삭망 아침마다 작은집에 불려가 작은할아버지 궤연에 당숙과 함께 잔을 올리고 절을 하고 와야 했다. 그러면서도 나는 말끝마다 '양재 안 가'를 입에 달고 살았다. 그냥 양자도 싫고 서러웠지만 '노새집 양재'는 더더욱 싫고 부끄러웠다.

74

Things escalated on my way home from school one Saturday afternoon. Uncle had been transporting sand from Namdaecheon Stream that day and was taking a break under a willow tree by the roadside with a few other carters. His mule and cart were parked under the shade and he was smoking when he spotted me walking his way on the embankment with some of my classmates. I cocked my head in the other direction so he wouldn't call me out, knowing he couldn't have felt good about it. But on that particular day, for some particular reason, he stopped me. It may have been because he wanted to prove himself in front of the other carters.

"On your way home from school?"

"Yes." I wanted to run away from my friends and hide in a mouse hole.

"Did you have lunch?"

"Today's Saturday."

"Hold on a second. Then you've got to eat something, especially since you ran into me."

Uncle pulled out a crisp 100 *won* bill and handed it to me. I wanted to end this encounter as soon as I could, and took the money, not feeling at all grateful.

"나 양재 안 가니까 도로 물려."

작은집에 불려 내려갔다 오는 날마다 나는 어머니에게 떼를 썼다.

"니가 몰라서 그렇지 작은집 살림이 어디 적은 살림인 줄 아나? 어여 그러고 가만있으면 나중에 그게 다 니것이 되는데."

"나 그런 거 안 가질 거니까 도로 물려오란 말이야. 노새집 양재 안 할 거니까."

"말은 뭐 아무나 끌고 아무나 부리는 줄 아나? 다 있고 부지런하니 그러지."

"그럼 소로 끌면 되잖아."

내가 참을 수 없는 게 그것이었다. 마을에 우차를 끄는 종기 아버지조차 노새를 부리는 당숙을 노새, 노새, 하고 부르며 은근히 깔보고 우습게 아는 것이었다. 그러니 다른 사람들은 오죽했겠는가. 농사만 지어도 될 일을 당숙은 농사일은 거의 작은할아버지와 당숙모에게 맡기고 아침마다 노새를 끌고 시내(강릉)로 나갔었다. 작은할아버지가 돌아가신 다음에도 그런 출입은 여전해, 시내로 나가 벽돌을 실어 나르거나 국유림 쪽으

"Hey, Silver Star, who's that boy?" a carter who appeared about five or six years younger than Uncle asked. Except for Uncle, most of the men there carted horses for a living. They referred to each other by the names of their animals, such as Spot and Speckle. Later, I'd grow up to hear taxi drivers being identified by their license plate numbers but, at that point, the act of calling a person by the name of his mule was very unfamiliar indeed.

"He's the future head of our household."

"What do you mean by that?"

"He'll be our chief mourner." Uncle fixed my hat as he spoke.

"You mean you had a son all this time?"

When I heard the word "son," my vision blurred and I thrust the money in my hand back to Uncle. Hearing the words "head of household" and "chief mourner" made me want to run away, but I could handle it. Being referred to as the son of a mule handler in front of my classmates, however...that was the last straw. The children would surely ask if he was my father.

"Get yourself something to eat with that."

"I don't want it. I'm not your adopted son anymore!"

로 들어가 산판장의 나무를 실어 날랐다. 원래 천성이 부지런하긴 해도 작은집의 살림이 그렇게 불어난 것도 당숙이 말을 부려서라고 했다.

그런 당숙이 완전히 집 밖으로 돌기 시작한 건 내가 국민학교 6학년 때부터의 일이었다. 밖에 일을 나가도 밤이면 꼬박꼬박 집으로 돌아오던 당숙이 어떤 때는 닷새고 열흘씩 집으로 돌아오지 않았다.

"거봐라, 니가 그러니까 더 집 밖으로 돌잖는가."

어른들은 내가 정을 붙여주지 않아 그런다고 했지만 그러거나 말거나 내가 상관할 일이 아니었다. 아니, 더 그렇게 해주길 바랐다. 나는 여전히 '양재 안 가'를 입에 달고 살았고, 어떤 때는 아버지와 어머니, 당숙과 당숙모가 함께 있는 자리에서도 서슴없이 그 말을 해 갑자기 분위기를 낯설게 만들어 놓기도 했다. 아버지 어머니가 아닌 다른 사람의 아들이 되는 것도 싫었지만 남들이 까닭 없이 깔보고 우습게 아는 노새집의 '노새 애비' 아들이 되는 게 싫었다. 나는 다른 아이들과 함께 길을 가다가 마차를 끌고 가는 당숙을 만났을 때 노새가 왕자표 통고무신 같은 자지를 배 밖으로 덜렁대고 있으

I practically threw the money at Uncle's feet, flung my bag around my side, and ran off. I didn't have time to think about what would become of Uncle in front of the other men. My reputation at school was my first concern. I wanted so badly to hide that aspect of my life, and I had been hiding it well. I explained that he was a distant relative with no son and always displayed unwarranted affection toward me. I told them to check with the kids in my neighborhood. They could tell them who I lived with and that my father did not handle horses.

It was probably after that incident that Uncle started to come home drunk all the time, and then left for good. One month, two months...half of school vacation passed. It was the third month and, still, he didn't return. The adults didn't know why he left, but when Aunt explained what had happened, they figured it out.

"Before he left, he came home very drunk one night. He said he was going to go somewhere and bring home a son, even if he had to pay a woman to do it. Then he said to me, 'I know you can't have children and I hate to drive a nail into your heart like this, but what can I do?' And he wept in front of me."

면 내가 다른 아이들 앞에 옷을 벗고 그렇게 서 있는 것처럼 부끄러웠다. 동네 계집아이들이 그 옆을 지나기라도 하면 그만 학교에 다닐 마음조차 싹 가시고 마는 것이었다. 그래서 저만치서 노새가 보이면 늘 내가 먼저그 자리를 피하곤 했다.

어른들은 내가 크면 낫겠지 했겠지만, 다음해 중학교에 들어간 다음 나는 노새를 끄를 당숙을 더욱 견딜 수 없어 했다. 중학교 때부터는 가르치는 데 큰돈이 든다해서 교복도 작은집에서 지어주었고, 학비도 작은집에서 가져오는 돈을 어머니가 내게 주었다. 어머니는 내게 그걸 늘 고마워하라고 말했지만 나는 그런 말부터가싫었다.

"애초 그런 일 없었으면 집에서 줄 거 아니에요?"

"그래도 그러는 게 아니다."

"암만 그래도 난 양재 안 간다니까."

"누가 지금 가라더냐?"

"나중에도 안 간다구요. 누가 가는가 봐라 정말⋯⋯."

그게 아버지 어머니에 대해서도, 그리고 작은집에 대해서도 나의 유일한 유세였다. 당숙은 일을 하러 나가

Father went to the embankment of Namdaecheon Stream, where the other carters said Uncle had gone to a lumberyard in Bongpyeong. Some heard he had settled down there with someone else; others said he hadn't settled down, but was staying with a woman he met at a bar. Aunt walked up to our house every day and pleaded with Father to find Uncle and bring him back. If it were true that Uncle had settled down with another woman, she said, there was no reason for her to stay here anymore. She wept so much her eyes were swollen by the time she went back home.

"Look what he's done. He's driven a nail inside the heart of someone who cherishes him so."

Father and Mother discussed giving up my second-oldest brother instead of me, since I hadn't actually started to live with Aunt and Uncle yet and wasn't recorded in the family genealogy. Plus, little *hyeong*, who was in his last year of high school, said he'd do as he was told. But it was Aunt who opposed that idea.

"I know he doesn't like us, but we've grown so attached to the third one. He'll know once he's older. And when Father passed away, he came and did such a good job with the funeral, that little boy.

고 들어오는 길에 나를 만나면 늘 마차에 나를 태우고 싶어 했지만, 나는 한 번도 마차에 타지 않았다. 함께 학교로 가고 함께 집으로 오던 다른 아이들은 당숙의 마차를 만나면 즈들이 먼저 태워달라거나 그런 말도 없이 달려와 가방부터 먼저 그 위에 던지고 냉큼 올라타곤 했지만, 나는 당숙의 마차가 아니더라도 마차만 보면 그 자리를 피하거나 그럴 틈이 없으면 고개를 꽉 꺾고 내가 먼저 싫다는 뜻을 분명히 하곤 했다.

"남들도 타는 걸 왜 니는 안 타나?"

그런 말을 하는 사람은 늘 어머니였다. 당숙은 그런 말조차 하지 않았다. 내가 싫다면 억지로 뺏어 실었던 가방을 도로 내주며 그럼 천천히 걸어오라고 했다. 당숙도 내가 노새를 끔찍이 싫어하는 걸 알았다. 아니, 노새를 끄는 당숙을 싫어하는 걸 알고 있었다.

"몰라서 물어요? 남들은 남이니까 타지. 나도 남이면 타고 댕긴다고요."

"그래도 그러는 게 아니다."

"아니면 지금이래도 작은형을 양재 보내면 되잖아."

그러다 결정적으로 나빴던 건 어느 토요일 오후, 하곳

Then he came on the fifteenth of every month to help set Father's memorial table. Father knew about the arrangement before passing away and the boy has been bowing to him as his grandchild since. It just wouldn't be the right thing to do. I can't give the third one back. I won't."

"See how she thinks of you?"

Father said it wasn't right for him to bring Uncle back. Uncle would follow, unwillingly, but he would leave again. That meant it was me who had to go. I'd done wrong over the years, and, by that time, I felt something loosen up inside me. Hearing my older brother—the one who proclaimed he'd rather die than be adopted by a mule handler when he was in middle school—say he'd do as the adults wanted seemed to melt away much of the shame and misery I felt about being Uncle's adopted son.

"When you get to Bongpyeong, go to the post office and ask for Yeongja, the blacksmith's daughter. Ask her about Uncle. You might have to ask around after that, but it'll be easier to find him because he has his animal. It may take a week or two. When you find him, tell him you're sorry and bring him back. If you don't, he'll leave again eventually.

Without considering Aunt, who was standing right

길에서의 일이었다. 남대천에서 모래를 퍼 실어 나르다 길옆 버드나무 그늘 아래 마차를 세우고 다른 마부들과 함께 담배를 피우며 땀을 들이던 당숙이 같은 반의 다른 동무들과 함께 둑길을 걸어오는 나를 보았던 것이었다. 내가 고개를 팍 꺾고 가면 그런 내 모습이 마음에 언짢더라도 못 본 척해야 되는데 그날은 웬일인지 그 자리에서 당숙이 나를 붙잡았다. 어쩌면 다른 마부들 앞에서 뭔가 낯을 내고 싶었던 것인지도 모른다.

"학교 마치고 오나?"

"야."

나는 친구들 앞에 쥐구멍이라도 들어가고 싶은 마음이었다.

"점심은 먹은?"

"토요일이잖아요."

"가마이 있어봐라. 그래도 뭘 먹고 가야제. 안 봤다면 몰라두……."

그러면서 당숙은 품에서 빳빳한 백 원짜리 한 장을 꺼내 주었다. 나는 고맙다는 생각보다는 그 자리에서 얼른 벗어날 생각으로 돈을 받았다.

there, I asked, "What if he's settled down there?"

"That's unlikely, but even if it's true, he'll change his mind when he sees you. He has poured out so much affection to you, don't you know? I'm telling you, he left because you angered him. There's no other reason."

The next morning, Aunt went to the town center with me. Though I didn't want to, the adults insisted I wear my school uniform because I'd look more presentable. I didn't know how long I'd be away, so I packed a few items of clothing as well.

"You must bring him back, alright?"

"Yes."

"He'll listen to you, I'm sure."

"Yes."

"Don't worry. When he comes back, I'm gonna tell him to get rid of that darn animal." With that, Aunt put a few hard-boiled eggs in my bag and tucked a wad of more than ten 100 *won* bills in my pocket, even though my parents had given me enough for the bus fare. In those days, a student could get to Bongpyeong on the local bus for less than 100 *won*, including both transfers.

"You don't need to be a burden to Yeongja. You want to sleep at her place, but buy yourself hearty

"어이, 은별이, 갸는 누구야?"

당숙보다는 대여섯 살쯤은 아래로 보이는 다른 마부가 당숙에게 물었다. 당숙 말고는 대부분 말만 끄는 사람들이었다. 그들은 서로의 호칭을 얼룩이, 점박이, 하는 식으로 노새의 이름으로 불렀다. 훗날 어이, 몇 호, 몇 호, 하고 자동차 끝 번호 두 자리를 이름 대신으로 부르던 택시 회사 사람들을 본 적이 있지만, 사람 이름을 은별이, 점박이, 하고 노새 이름으로 부르던 것도 내게는 낯선 일이었다.

"장래 우리 집 대주시다."

"대주라니?"

"우리 만상제라고."

당숙은 보란 듯이 내 모자를 바로 씌워주면서 말했다.

"뭐야, 그렇게 큰 아들이 있었단 말이야?"

아들 소리를 듣자마자 갑자기 눈앞이 아득해 오는 느낌에 나는 손에 들고 있던 돈을 당숙에게 도로 내밀었다. 대주니, 만상제니 하는 말을 할 때만 해도 얼른 그 자리를 벗어나야겠다는 생각만 했는데 이제 동무들 앞에서 노새를 끄는 마부의 아들 소리까지 나온 것이었

meals when it comes time to eat so she doesn't have to feed you."

"I'll be fine. Just make sure the house is clean for Uncle. Prepare a room for me, too, even if I don't end up living there."

In addition to the adults' instructions, I had thought up some of my own ways to make the best of this opportunity.

I did exactly as I was told when I arrived in Bongpyeong. I went to the post office, found Yeongja *nuna*, and asked if she had seen Uncle around.

"Well, I did see him, but..."

It seemed that she had seen him but hadn't made herself known. It was understandable. I'd do the same when I ran into him in the street, but she was unmarried and in her twenties, away from home. For her to identify herself with Uncle, the mule handler, in front of others was no easy task, even if he was a relative.

"Do you know if there's a place he likes to go to?"

"I think I've seen him in the marketplace several times. Leave your bag with me and ask around over there. Check Jinbu-ok House and Gangneung-ok

다. 아이들은 이제 대번에 그 사람 느 아버지냐, 하고 물을 것이었다.

"뭘 사 먹고 가라니까."

"싫어요. 나 이제 아재 양재 안 해요!"

나는 기어이 그 돈을 당숙 앞에 던지고 냅다 가방을 옆구리에 끼고 뛰었다. 뒤에 다른 마부들 앞에 당숙이 어떤 얼굴이 되었을까는 생각할 틈도 없었다. 당장 동무들 앞에 내 얼굴이 문제였다. 정말 그것만은 감추고 싶었고, 감추어왔던 일이었다. 나는 동무들에게 먼 친척 아저씨인데 아들이 없으니까 분수를 모르고 나한테 찝쩍거리는 거라고 말했다. 그러니 우리 동네 애들한테도 물어보라고. 내가 어느 집에 누구하고 살고 우리 아버지가 말을 끄는 사람인지 아닌지…….

아마 그 일이 있고 나서였을 것이다. 처음엔 밤마다 술에 취해 마차를 끌고 들어오던 당숙이 어느 날 집을 나간 다음 한 달이 되고, 두 달이 되고 방학의 반이 지나 석 달이 되도록 집에 들어오지 않는 것이었다. 처음엔 집안 어른들도 무슨 일인가 몰랐다가 당숙모가 당숙이 떠나기 전의 일들을 얘기해 모두 그 일을 알게 되었다.

House. And come back later. If I'm not here, I'll be at the coffeehouse.

"Who lets a middle-schooler in a coffeehouse?"

"It's okay here. Besides, you're coming for me, not for anything else."

"If I find him, can I bring him, too?"

"Sure, as long as you're with him."

"Have you heard if he's settled down here or anything like that?"

"What do you mean by settled down?"

"You know, if he has his own place here with another woman?"

"Hey, Suho."

"What?"

"Aren't you too young to be saying those things?"

"What about it?"

"It's strange to hear you say something like that, that's all."

"What's so strange about it? I'm asking 'cause I don't know."

I started out by looking for Uncle's mule around the marketplace and its back alleys. The marketplace was only slightly larger than the front yard of a large country house, so it took less than ten minutes to cover it, backstreets and all. I saw a few

"집 나가기 전에 술을 잔뜩 먹고 와 그런 말을 하잖우.
어디 가서 여자를 사서라도 애 하나를 낳아 와야겠다
구. 그러면서 또 나한테 그러잖우. 내가 오죽하면 아 못
낳는 자네 가슴에 못 지를 말을 하고 있겠느냐구, 그러
면서 대구 울구……."

아버지가 남대천 제방으로 나가, 전에 함께 일하던 마
부들에게 수소문을 하자 당숙은 봉평 어디의 산판장에
가 있다고 했다. 거기서 다른 살림을 차렸을 거라는 얘
기도 있었고, 살림까지는 차리지 않았지만 좋아 지내는
술집 여자가 있는 것 같더라는 얘기도 있었다. 당숙모
는 날마다 우리 집으로 올라와 아버지에게 당숙을 찾아
데리고 올 수 없겠느냐고 말했다. 당숙이 오지 않거나
거기서 다른 여자와 살림을 차리고 앉은 거라면 이녁이
여기 있을 게 뭐가 있겠느냐며 올라올 때마다 눈이 붓
도록 울고 내려갔다.

"거봐라. 저 귀해 주는 어른 가슴에 못이나 지르
고……."

일이 그렇게 되자 아버지와 어머니는 내가 양자로 아
직 들어가 사는 것도 아니고 족보에 그렇게 올린 것도

donkeys, but none with a crown of white hair. I also looked around the houses in the village, just in case he had moved in somewhere and tied the mule outside, but there was nothing that even resembled a mule outside the marketplace. I had no choice but to ask inside the bars and restaurants along the streets of the marketplace. I stepped into Gangneung-ok a bit early and explained that I was looking for a carter by the name of Lee from Gangneung. I described Uncle and the characteristics of the mule.

The owner, who appeared to be in her forties, stopped what she was doing in the kitchen and asked, "What do you want him for?"

It seems I had come to the right spot.

"He's my father."

"Does he have a sharp nose and a bean-sized wart under this earlobe where the molars are?"

"Yes."

"And his mule, Silver Star or something like that, has white hair on the top of its head?"

"Yes."

"Correct me if I'm wrong, but I heard he didn't have a son."

"Then that's him."

아니니 늦게라도 셋째 양자에서 둘째 양자로 바꾸자는 이야기까지 했지만, 그리고 이제 고등학교 졸업반인 작은형도 어른들이 정 그렇게 정하면 자신도 어른들의 말에 따르겠다고 했지만 그건 당숙모가 안 된다고 했다.

"지가 우리를 싫다 해두 그간 그 양반하고 내가 시째한테 붙이구 들인 정이 얼만디요. 지두 그거 크면 어련히 알 거구…… 그러구 아버님 상세 나셨을 때 어린 지가 와서 장삿일 다 했는데…… 어린 게 달마다 오르내리며 보름 삭망 다 챙기구…… 아버님두 그래 알고 돌아가신 다음 절 받구 했는기…… 그간 정리를 생각해서두 난 시째 못 내뇨. 안 내놓는다구요."

"봐라. 니를 어떻게 생각하는지."

아버지는 아버지가 올라가 데리고 올 일이 아니라고 했다. 아버지가 가면 억지로라도 따라 내려오긴 하겠지만 이내 또 집 밖으로 돌 거라고 했다. 그러면 나라는 얘기였다. 그간 지은 죄도 있고, 또 그때쯤 나도 가슴에 풀어지는 무엇이 있었다. 예전 중학교에 다닐 때만 해도 노새집 양자는 죽어도 안 가겠다던 둘째 형이 이제는 어른들이 시키면 시키는 대로 하겠다고 말하는 것을 듣

"How strange. You say he has no son, but you also say he's your father."

"Do you know where he is now?"

"I'm not sure, but a bunch of them went to Hongjeongsan Mountain, where they're chopping down trees. They'll come out in two days or so. The day after tomorrow is payday."

"So, will he come here in two days?"

"He'll come out here eventually. And after a day or so, they'll get some stuff ready and set out for the woods again."

I decided to eat an early dinner there before leaving to meet Yeongja *nuna*. I ordered a meal of rice first, and then a bowl of beef soup later. Father told me before I left that if I wanted *gukbap* (rice in soup), I should order a meal of rice first and soup separately later. This was because restaurants in the marketplace would collect previous diners' leftover rice and reuse it in the *gukbap*. But they couldn't do that if you ordered rice separately. I ate alone, partly because of the adults' instructions to minimize the burden on Yeongja *nuna*, and partly because I was grateful to the owner for the news about Uncle. I asked her a few more questions as I ate.

자 이제까지 가졌던 노새집 양자에 대한 부끄러움과 서러움도 많이 녹아내렸던 것이었다.

"올라가거든 거기 우체국에 가서 경금집 영자를 찾아라. 그리고 당숙을 찾는 거야. 수소문을 해 찾더라도 사람 찾는 것보다 짐승을 찾는 게 더 빠를 테구. 한 파수래도 좋고 두 파수래도 좋고 찾아서 니가 잘못했다구 말하구 모시구 오너라. 그러잖으믄 또 올라갈 테니까."

"살림하고 있으면요?"

철도 없이 그 말을 나는 당숙모까지 있는 자리에서 물었다.

"그런 일 없을 거다만 그런다 해도 널 보면 마음이 달라질 거다. 그간 니한테 들이고 쏟은 정이 얼만데. 이번에 올라간 것도 달리해 올라간 게 아니라 니한테 노여워서 올라간 거니까."

다음 날 아침 면 소재지까지는 당숙모가 데려다 주었다. 나는 교복을 입고 가기 싫었지만 어른들은 교복을 입고 가는 게 모양도 반듯하다고 했다. 얼마를 묵을지 몰라 따로 몇 가지 옷들도 챙겨갔다.

"꼭 니가 데리고 내려와야 한다."

"Maybe it's because you went to school in a big city like Gangneung, but you're quite smart for your age. Not like the kids around here. Looking for your father on your own and ordering food for yourself and all," she spoke as she brought out a large bowl of soup, filled to the brim. I took her comment to mean I was wise for ordering the rice and soup separately. "What grade are you in?"

"I'm in the first grade of middle school."

"Is that man really your father?"

"Yes."

"How mature you are. Doesn't look like you'll be leaving tonight—do you have a place to sleep?"

"Yes."

"Where?"

"It's been arranged."

I didn't mention Yeongja *nuna*. If I did, the people around here would find out that she was a close relative of Uncle's.

"I did think he was a bit different for someone who pulls a horse around. Now that I've seen his son..."

"Around what time will he come two days from now?"

"Dinnertime, probably. When it's almost dark."

"야."

"니가 가자면 올 거다."

"야."

"내려오면 내 인자 그놈의 짐승 없애라고 할 거니까."

"……."

당숙모는 찐 계란 몇 개를 가방에 넣어주고, 집에서 차비를 받아왔는데도 백 원짜리 돈을 세지도 않고 열 닢도 넘게 주머니에 넣어주었다. 차를 두 번 갈아타도 봉평까지의 학생 차비가 완행버스로는 백 원도 되지 않을 때였다.

"경금집 영자한테 신세질 것도 없이 때 되면 혼자서라도 든든히 사 먹어라. 잠이야 한 데서 잘 수 없으니 얻어 자더라도."

"집이나 잘 설어(청소해)놔요. 안 쓰더라도 내 방도 하나 내놓고."

어른들이 가르쳐준 것 말고도 나는 나대로 이 기회에 요량하고 다짐하고 있는 게 있었다.

봉평에 가서는 위에 적은 것 그대로였다. 우선 우체국에 들러 영자 누나를 찾았고, 혹시 이곳에서 우리 당숙

The door opened and another woman who looked slightly older stepped in.

"Who's he?" A young boy eating alone in a small town was not an everyday sight.

"You know that group of men with horses who went to Hongjeongsan Mountain to haul the trees down to the road?"

"What about them?"

"Apparently, one of those men, Mr. Lee from Gangneung, is this boy's father. You know, the one with the sharp nose and those friendly eyes."

"This is his son?"

"That's what he's saying."

"You better believe it."

"Oh, dear. He goes around saying he has no one to rely on and nowhere to call home. So, what's he doing with that woman from Jinbu-ok House?"

The owner shot her a suggestive glance. I pretended I didn't see it and scooped up a spoonful of food. It seemed she was certain of one thing. And it seemed she knew the wrong I had committed against Uncle and Aunt. Afraid they'd ask me more questions, I paid for my meal and left.

The next day, I thought about traveling the 30-*li* distance to the mountain to look for Uncle myself,

을 보았느냐고 물었다.

"보기는 봤는데……."

봤어도 알은체는 하지 않은 듯했다. 양자로 들어간 내가 길에서 마주쳐도 그랬는데, 암만 친척이라도 그렇지 영자 누나도 스무 살도 넘게 먹은 처녀가 객지에 나와 남들 보는 앞에서 말을 끄는 당숙을 알은체하기가 쉽지 않았을 것이다.

"어디 잘 가는지는 모르나?"

"저쪽 장터에 가끔 보이는 것 같던데. 가방은 나 주고 거기 가서 물어봐라. 진부옥이나 강릉옥이나. 그리고 이따가 이리로 와. 여기 와서 없으면 내가 저기 다방에 있을 테니까."

"내가 다방에 어떻게 들어가나? 중학생이."

"괜찮다, 여기는. 그냥 들어오는 게 아니라 나를 찾아오는 거니까."

"우리 아재를 찾으면 아재하고 같이 와도 되나?"

"그래. 니하고 같이 있으면."

"그런데 참 우리 아재 여기서 살림한다는 얘기는 못 들었나?"

but decided it would be better to see him in town. I intentionally had lunch at Gangneung-ok instead of checking out Jinbu-ok. While I was eating, an old woman who worked at Jinbu-ok peered in at me, trying to be discreet about it, then walked away. She stepped in shortly after with another woman, who also watched me eat. I had a hunch it was *the* woman. How one is to look mature while eating I don't know, but I felt I needed to look as mature as I could in this situation. I pressed down on the rice with my spoon to make sure I didn't drop any morsels of rice while I ate. This second woman also looked to be in her forties. I got the impression that she wasn't the owner but someone who did all the work for the owner. I was worried she might ask me something or get me to speak, but neither of them approached me for anything like that. Much more at ease, I even asked for another cup of water, even though I didn't particularly want it. I walked back to Yeongja *nuna*'s room and stayed there for the entire afternoon and evening. She came back late in the evening and told me to go check out Jinbu-ok.

"Your father's there. Someone from Jinbu-ok came looking for me and asked me to bring you."

"살림이라니?"

"방 얻어서 딴 여자하고 산다는 얘기는 못 들었느냐고."

"야, 수호야."

"왜?"

"넌 어린 게 그런 말도 할 줄 아나?"

"그 말이 왜?"

"니가 그런 말을 하니 이상해서 그런다."

"이상하긴. 몰라서 묻는 건데."

나는 우선 장터와 장터 뒷길을 다니며 당숙의 노새가 있는지를 살폈다. 장터라고 해봤자 시골 너른 집 마당보다 조금 더 큰 정도여서 이쪽저쪽 뒷길까지 살피는데도 십 분이 안 걸렸다. 장꾼들의 노새가 몇 마리 보이긴 했지만 정수리에 흰 털이 난 노새는 보이지 않았다. 그래도 혹시 살림하는 집이 따로 있고, 거기에 노새가 매여 있는 게 아닌가 싶어 마을 부근의 집들을 하나하나 다시 둘러보았지만 장터 주변에 말고는 노새 비슷한 것도 보이지 않았다. 천생 장터 거리의 술집이며 밥집에 들어가 물어볼 수밖에 없었다. 나는 때보다 일찍 강

"He's not at Gangneung-ok?"

"It's Jinbu-ok."

I packed my bag and got up. It didn't seem like Yeongja *nuna* wanted to accompany me, and I didn't want to go there with her, either.

"If Father's there, we'll probably leave right away. I'll write you from home, *nuna*."

"Tell my family I'm doing well."

"Thanks for letting me spend the night and for breakfast this morning, too."

"There you go again, talking like you're an adult. And this...give this to my mom for me. Tell her I'll visit before *Chuseok*."

"Okay."

Putting the money she handed me in my pocket, I set out. "I would've felt more comfortable if it was Gangneung-ok," I thought as I opened the door. Uncle was sitting inside the room. He had grown a thick, black beard and looked no different than a woodsman. It had been three months since I last saw him at the embankment of Namdaecheon Stream. Uncle was sitting in the room, and the woman who came to see me earlier that afternoon in Gangneung-ok was near the kitchen.

"Your son's here," the woman said, but Uncle had

릉옥에 들어가 강릉에서 올라온 마부 이 씨를 찾는다고
했다. 당숙의 얼굴 모습과 노새의 특징을 함께 말했다.

"그 사람은 왜 찾는데?"

찾아도 바로 찾아 들어온 셈이었다. 마흔쯤 되어 보이
는 주인아주머니가 칼질을 멈추고 물었다.

"우리 아버집니다."

"콧날이 우뚝하고, 여기 귓불 아래 어금니 자리에 팥
알만 한 점이 있는 양반 말이제?"

"예."

"노새도 은별인지 뭔지는 몰라도 장배기에 허연 털이
나 있는 게 맞고……."

"예."

"그 사람이 맞나는 모르겠다만 아들이 없어 그래 댕
긴다고 하던데."

"그러면 맞아요."

"참 이상네. 아들이 없다는 게 맞다면서 또 아버지라
는 얘기는 무슨 얘긴데 시방?"

"지금 어디 있는지 아나요?"

"맞는지 아닌지는 모르겠다만 그 사람들 홍정산에 산

already seen me.

"When'd you get here?" Uncle asked as he rose to his feet.

"*Abuje...*"

I took off my shoes and walked into the room. I had practiced mouthing that word over and over since leaving Gangneung. I couldn't call him *Abeoji* for I already had a father, but I needed to call him something along those lines. I felt I should call Uncle that from now, and I also felt it was about time. *Abuje* looked surprised.

"*Abuje...*" A long silence settled over the room before I continued. "I'm sorry."

"Wh-when'd you get here?"

"Yesterday. Mother told me to bring you."

"Did you eat?"

"Yes. I thought you were coming tomorrow?"

"I heard from someone on his way in from here that you came."

"Have you had dinner?"

"I ate over there but thought I'd join you if you haven't eaten."

"What about the horse?"

"I tied him out back. He's gotten weak."

"*Abuje...*" Again, a long silence settled over us af-

판 들어갔는데 낼모레나 돼야 나올거르. 낼모레가 한 파수 간좃날이니까."

"그럼 낼모레 여기로 오나요?"

"여기로 오든 어디로 오든 이곳으론 나올 기구만. 그 래 하루 지내곤 또 이것저것 준비해 들어가구……."

나는 영자 누나를 만나러 가기 전 그곳에서 이른 저 녁으로 밥을 먼저 시키고 나서 소머릿국 한 그릇을 나 중에 시켰다. 영자 누나를 놔두고 혼자 밥을 먹은 건 잠 은 거기서 얻어 자더라도 아침저녁으로 먹는 것까지 신 세를 져선 안 된다는 어른들의 말도 있었지만 우선은 주인아주머니가 당숙 소식을 알려준 게 반갑고 고마워 서였다. 밥을 먹으며 몇 가지 더 물어볼 말도 있었다. 그 리고 밥을 먼저 시키고 소머릿국을 따로 나중에 시킨 건 떠나올 때 아버지가 혹 국밥이 먹고 싶거든 그냥 국 밥을 시키지 말고 꼭 그렇게 하라고 가르쳐준 때문이었 다. 장터 밥집들은 그냥 국밥을 시키면 먼저 먹던 손님 들이 먹다 남긴 밥을 국에 말아 내오니 밥 따로 국 따로 시키라고 했다.

"강릉 큰 데서 학교를 다녀본 게 있어서 그렇나, 여게

ter I spoke his name. "Let's go home."

"Yeah, we'd better go. When I heard you were here, I brought everything down with me. Everything's okay at home?"

"Yes."

"Your aunt, too?"

"Yes."

Abuje told me to take the bus and go on ahead of him; he would wait until the loggers came back from the mountain tomorrow to get paid and then go back with the mule. But I said I'd wait for him. I returned to Yeongja *nuna*'s place with my bag and stayed there another night. I don't know where *Abuje* slept. The next day, after Yeongja *nuna* left for work, I went back to Jinbu-ok around ten as he had instructed me to. *Abuje* was sitting in the room. He'd cut his hair and was clean-shaven. I looked toward the kitchen, but the woman wasn't there.

"Do you want to go to Daehwa with me?"

"Where's that?"

"We'll take the bus. There are a lot of big shops. If there's anything you want, we can get it."

Abuje bought me a watch that day. The one he picked out for me was more expensive than the one I picked out, but he bought me the more ex-

아들 같지 않고 참 똑똑타. 혼자 아버지를 찾아와 이래 밥도 시켜 먹고."

사기 사발 가득 국을 내오며 아주머니가 말했다. 나는 그 말을 내가 밥 따로 국 따로 시켜서 하는 말일 거라고 생각했다.

"니 중학교 몇 학년이나?"

"1학년오."

"그 양반이 정말 아버지가 맞나?"

"예."

"의젓하구만…… 오늘 내려가지는 않을 테고 잘 데는 있나?"

"예."

"어디서 자는데?"

"정해 놨어요."

영자 누나 이야기는 하지 않았다. 영자 누나 이야기를 하면 이 사람들도 여기에 와 말을 끄는 당숙이 영자 누나의 가까운 친척이라는 걸 알게 될 것이었다.

"말을 끌어도 다른 사람들과 좀 다르다 했더니 아들을 보니……"

pensive one. Big *hyeong* had a watch, but little *hyeong* still did not. It was an Orient watch with a dial that glowed in the dark and sounded the hour as a radio does. In addition to the watch, *Abuje* also bought clothes for me, Aunt, Grandfather, Father, and Mother. I paid for the lunch we had there with my money. I wanted to show *Abuje* I had grown up.

When we got back to Bongpyeong, the sun was setting. *Abuje* packed his belongings at Jinbu-ok and waited for the loggers to come down from the mountain so we could leave as soon as he was paid. They returned after dinner.

"Take a look at the future head of our household. Look how fair-skinned his face is. Would your sons come looking for you all the way out here by themselves at this age?"

After receiving his wages, *Abuje* had a few drinks before we left and wouldn't stop bragging about me. Just the day before he was uncomfortable when I called him *Abuje,* but now he enjoyed it.

"Didn't you go around saying you didn't have a son?"

"Heck, do you think I'm a mule? Not have a son? Look how my son came all the way here to get me, worried that his dad wasn't coming back from the

107

"그런데 내일모레 언제쯤 오시나요?"

"아마 저녁때 올거르. 거의 어두워서."

그때 출입문이 열리고 주인아주머니보다 조금 더 나이 들어 보이는 아주머니가 안으로 들어왔다.

"야는 누군데?"

어린 게 혼자 시골 밥집에 앉아 있으니 별일로 보이는 모양이었다.

"거 왜 홍정산에 산판 들어가서 그 아래 버덩말 차 다니는 데까지 나무 끌어내리는 말패들 있잖은가?"

"말패가 왜?"

"그 말패 중에 강릉서 올라온 이 씨 아들이래. 거 왜 코가 우뚝하고 눈이 서글서글한 이……."

"아들이라고?"

"그렇다니까."

"아이고야, 그이 말로는 의지가지없어 그래 댕긴다더니……. 진부옥 그치는 무슨 일이래?"

주인 여자가 찔끔 눈치를 주었다. 나는 못 본 체하고 숟가락으로 묵묵히 밥을 퍼 올렸다. 한 가지는 분명하게 안 셈이었다. 그리고 그간 당숙한테나 당숙모한테

mountain. Alright, it's time for me to leave with my son now. It's better to leave now when it's cool, for the animal's sake."

Abuje and I left Jinbu-ok and walked late into the night. Or, rather, I sat in the front of the cart until we arrived at Imokjeong. It was a moonless night, but the stars shone brightly. The smell of alcohol from *Abuje*'s mouth didn't bother me at all. With every step, the cowbell fastened to the mule jingled. On both sides of the road were either corn fields, potato fields, or fields that had just been planted with buckwheat seeds after a harvest of radish and cabbage. The fragrance was nice and the night breeze was refreshing.

"Hey, Suho."

"Yes."

"Did you come to get me?"

"Yes, *Abuje*."

"Did you come all the way here to get me?"

"Yes, *Abuje*."

"Hey, Suho."

"Yes."

"Did you really come this far to get me?"

"Yes, *Abuje*."

"Did you—did you come to get me because I'm

내가 지은 죄 또한 분명하게 안 셈이었다. 나는 오히려 그들이 내게 더 많은 것을 물을까 봐 밥값을 계산하고 밖으로 나왔다.

다음 날 그곳에서 삼십 리 떨어진 곳에 있다는 흥정 산까지 당숙을 찾아 들어갈까 하다 그만두었다. 아무래도 이곳에서 보는 게 좋을 것 같았다. 일부러 진부옥엔 들어가지 않았다. 그런데도 내가 강릉옥에서 점심을 먹을 때 그곳에서 일하는 나이 든 아주머니가 내 눈치를 살피며 아닌 척하고 밖으로 나갔다가 잠시 후 들어올 땐 다른 여자와 함께 들어와 밥을 먹는 나를 살폈다. 나는 직감적으로 진부옥 그치라고 생각했다. 밥 먹는 일이 어떻게 하면 의젓하게 보일까마는 그래도 나는 의젓한 모습을 보여야겠다는 생각에 혹시 밥알이라도 흘리지 않을까 싶어 숟가락으로 밥을 꾹꾹 눌러가며 그것을 떠먹었다. 따라 들어온 여자도 나이는 마흔쯤 되어 보이는데 인물로 봐선 거기 주인 같지는 않고 허드렛일을 하는 여자 같았다. 나는 그 여자가 내게 무어라고 묻거나 말을 시키면 어떻게 해야 하나 잔뜩 긴장하고 있었지만, 두 사람 다 일부러 다가와 그러지는 않았다. 한편

your dad?"

"Yes, *Abuje.*"

He asked the same question over and over during the trip home. Every ten or twenty minutes or so, I checked my new glow-in-the-dark watch and told him what time it was. When it came close to the midnight curfew, we reached a horse stable in Imokjeong.

We set out again the next morning. We filled a pouch with boiled well water and loaded it in the cart. Aside from a short break in the shade when the mule needed a rest at midday, we walked until we reached Daegwallyeong late in the evening.

"We can get home by dawn if we don't stop to sleep."

"*Abuje.*"

"Yeah?"

"Let's keep going."

"Sounds good. Let's do as my chief mourner says. If we get really tired, we can stop at Banjeong-jip House and ask for a bite to eat."

And so we walked through the night. *Abuje* rode in the cart, getting off to pull the reins on steep hills. I got off with him. He told me to stay in the cart, but I still got off. *Abuje* sure did talk a lot as

으로는 느긋한 마음도 생겨, 나는 별로 먹고 싶지 않은 물까지 한 그릇 더 달래서 먹고 영자 누나가 얻어 있는 방으로 돌아와 오후 동안은 거기에 꼼짝도 않고 있었다. 내일 산에서 당숙이 내려오면 어떻게 해야 하는지 그것만 곰곰이 궁리를 했다.

그런데 오후 늦게 영자 누나가 들어와 지금 진부옥에 가보라고 했다.

"거기 느 아재 와 있다. 진부옥에서 나를 찾아왔더라. 닐 데리고 오라고."

"강릉옥이 아니고?"

"진부옥이다."

나는 가방을 챙겨 일어났다. 영자 누나도 함께 가고 싶은 마음이 없는 듯했고, 나도 영자 누나와 함께 거길 가고 싶지 않았다.

"아재가 왔으면 바로 가야 할 것 같다. 가서 편지할게, 누나……."

"우리 집에도 내가 잘 있다고 말해 주고……."

"고맙다, 재워주고 오늘 아침도 해주고……."

"니는 쬐끄만 게 별말을 다 한다. 어제부터……. 그리

we climbed the pass.

"*Abuje?*"

"Yeah?"

"Can I ask you something?"

"Of course. You're my son."

"Did you like the woman from Jinbu-ok?"

"Did it seem like it?"

"Yes."

"Nah, it wasn't me. It was her. She thought I didn't have a son, that's why. But look how big my son is. So don't say anything to your Aunt about it when we get back, alright?"

"Yes."

"Now, can I ask *you* something?"

"Yes."

"Did your parents send you to get me?"

"They sent me to get you, but they didn't tell me to walk back with you like this."

"And they didn't tell you to call me *Abuje,* either?"

"No."

"So, it's coming from your heart?"

"Yes, *Abuje.*"

"Can I ask you one more thing?"

"Yes."

"Do you wish I wasn't a horse carter?"

고 이건 우리 엄마 좀 갖다 드려라. 추석 전에 내가 내려
간다고 얘기도 해주고."

"알았다."

나는 영자 누나가 주는 돈을 받아 주머니에 넣고 밖
으로 나왔다. 강릉옥이면 편한데……. 그런 마음으로
진부옥 문을 열고 들어서자 방 안에 당숙이 앉아 있었
다. 시커멓게 수염까지 길러 행색이 산사람이나 다를
게 없었다. 나로서는 남대천 둑에서 보고 석 달 만에 보
는 얼굴이었다. 당숙은 방에 앉아 있고, 낮에 강릉옥으
로 나를 구경 왔던 여자는 부엌 쪽에 있었다.

"왔네요, 아드님이……."

당숙도 나는 보고 있는데 부엌 쪽의 여자가 말했다.

"언제 완?"

당숙이 방에서 일어서며 말했다.

"아부제……."

나는 신발을 벗고 방으로 들어서며 말했다. 강릉에서
올라올 때부터 내내 입 속으로 되뇌며 연습한 말이었
다. 아버지가 있으니 아버지라고 부를 수는 없고, 그러
면서도 아버지라는 뜻을 불러야 하고. 이젠 당숙을 그

I couldn't answer that question. He didn't ask twice. "*Abuje?*"

"Yeah?"

"When we get back, I'm planning to live at your house."

"Our house?"

"Yes."

"Did the adults tell you to do that?"

"No, it's from my heart."

"From your heart?"

"Yes. Before I left, I asked Hasaenggol Mother to clean a room for me."

"Hey, Suho."

"Yes."

"Your *Abuje* is grateful. You know what I mean?"

"Yes."

"Yeah, when we get back, I'm gonna get rid of this animal. No need to keep it if you don't like it." Laughing, *Abuje* nodded his head toward the mule. "Huh, this guy seems to understand what we're saying. Look at him shake his head."

"I'm going to live with you regardless."

"Yeah, I'll get rid of it. I will. He shames me because he's too weak now. He's old and much more stubborn."

렇게 불러야 하고 그렇게 불러야 할 때가 왔다고 생각
했다. 아부제가 놀라는 얼굴로 나를 바라보았다.

"아부제……."

"……."

"지가 잘못했어요."

"언, 언제 완?"

"어제요. 어머이가 아부제 모시고 오라고 해서요."

"……밥은 먹은?"

"야. 내일 온다더니요?"

"여게서 들어오는 사람 편에 니가 왔다는 얘기를 들
었잔."

"진지는 드셨어요."

"거게서 먹기는 해두 니가 뭘 안 먹었음 같이 먹을라
구……."

"말은요?"

"뒤꼍에 매놨는기 이젠 그것두 힘을 못 써서……."

"아부제……."

"……."

"가요, 집에……."

Abuje and I reached our house in Hasaenggol at daybreak, when the sun reddened the entire sky and the entire mountain.

During the journey that night, and after I moved my desk, school bag, clothes and other posses- sions from my former house to *Abuje*'s, I couldn't reconcile myself with the mule or the fact that *Abu- je* handled it. I might have grown less shameful of it, but that was all. I had just entered middle school at the time. Kids from the neighborhood would tease me by calling me the "mule handler's adopted punk" when we got into fights. For a thirteen-year- old boy like me, it was the worst possible insult in the world.

The horse stayed with us until I was in my third year of middle school. He was already an old mule by the time I came around, mistreating and scorn- ing him. He had a pitiful death as well. He was hauling bricks at a construction site when he stepped on a nail that was pointing upwards. The nail somehow avoided the horseshoe, and the mule couldn't use his right front leg after that. That winter, he stood in pain with his right leg bent, un- til he collapsed one day, and that was it. They weren't notified, but the other carters came from

"오냐, 가야제. 니가 왔다 해서 다 챙겨 내려왔는기. 집은 다 펜한?"

"야."

"느 숙모도?"

"야."

아부제는 나는 빈 몸으로 오고 아부제는 말을 가져왔으니 나는 차를 타고 내려가고 아부제는 내일 산에서 간조 패들이 내려오면 돈을 마저 받은 다음 말을 끌고 내려오겠다고 했지만, 나는 나도 아부제하고 함께 내려가겠다고 했다. 가방까지 들고 나왔는데도 그날 하루 더 영자 누나 방에서 잠을 잤다. 아부제는 어디서 잠을 잤는지 모른다. 다음 날 영자 누나가 출근한 다음 아부제가 말하던 대로 열 시쯤 진부옥으로 다시 갔을 때 아부제는 이발을 하고 면도를 한 얼굴로 멀끔하게 앉아 있었다. 부엌 쪽을 살펴도 그 여자는 보이지 않았다.

"니 나하구 대화 가지 않으렌?"

"거긴 어딘데요?"

"차를 타믄 된다. 거긴 여기보다 큰 점방들이 많으니 니 뭐 사구 싶은 것두 사구……."

town and hauled the dead mule away. *Abuje* didn't follow along. He turned down their offer to send some of the meat that evening. For the first time since Great Uncle passed away, I saw *Abuje* shed tears in silence. While we lived under the same roof, the mule was the subject of my misery, spite, and hatred. Everything I had, everything I enjoyed came from his back, but I couldn't help it. Even if he truly did become a silver star in the sky after dying, I will still be unable to feel good about horses or him. In the end, I couldn't write about him in the manuscript I was requested to write. But I wait for the day I can write properly about his sad life. Born between a mare and a jack, he was a mule with a big penis but unable to reproduce. He was the object of ridicule and lived to carry heavy loads and walk long distances. His name was Silver Star.

1) A Korean unit of measurement where 1 *li* equals approximately 392.7 meters.

Translated by Michelle Jooeun Kim

그날 아부제는 내게 시계를 사주었다. 내가 고른 것보다 아부제 마음에 드는 게 더 비쌌는데 비싼 그것을 사주었다. 큰형은 시계가 있어도 고등학교 3학년인 작은형은 아직 시계가 없었다. 라디오를 틀면 매 시간마다 아홉 시를 알려드립니다, 열 시를 알려드립니다, 하는 오리엔트 야광 손목시계였다. 그 외에도 내 옷과 숙모 옷 몇 가지를 더 사고, 할아버지와 아버지 어머니의 옷가지도 샀다. 그리고 거기서 먹는 점심은 내가 내 식대로 아부제 것과 내 것을 시켜 먹었다. 아부제한테 내가 컸다는 것을 보여주고 싶었다.

봉평으로 돌아오니 해가 저물고 있었다. 아부제는 진부옥에서 돈만 받으면 떠날 준비를 하고 흥정산 간조패들이 오기를 기다렸다. 그 사람들은 우리가 저녁을 먹은 다음에 내려왔다.

"야, 느들 장래 우리 집 대주 봐라. 우리 아들 얼굴 얼마나 훤한가 한번 보란 말이다. 느 아들들이면 이만한 나이에 혼자 애비 찾아 여게 오겠나?"

아부제는 그들로부터 받아야 할 돈을 받은 다음 길을 떠나기 전 몇 잔 술을 마시며 연신 내 자랑을 했다. 어제까지는 내가 아부제라고 불러도 그 말을 드러내놓고 좋아하지 못하고 서먹해 하더니 이젠 마음껏 그 말을 좋아했다.

"언제는 정 붙일 아들이 없어 돌아다닌다더니?"

"아들이 없기는, 내가 노새나? 아들이 없게. 애비 산에 가서 안 온다고 이렇게 여게까지 데리러 오는 아들이 있는데. 자, 이제 나는 아들하구 떠나네. 해 져서 선선할 때 떠나야지, 짐승을 끌구 가는 기……."

진부옥을 나온 다음 아부제와 나는 밤길을 걸었다. 아니 걷지 않고 마차 앞자리에 타고 밤늦도록 이목정까지 나왔다. 달이 없어도 별이 좋은 밤이었다. 아부제의 입에서 풍기는 술 냄새가 조금도 싫지 않았다. 노새는 연신 딸랑딸랑 방울을 울리고, 길옆은 온통 옥수수밭이거나 감자밭, 올갈이 무와 배추를 뽑은 다음 씨를 뿌린 메밀밭이었다. 꽃향기도 좋고 저녁 바람도 시원했다.

"수호야."

"야."

"니가 날 데리러 완?"

"야, 아부제."

"니가 날 데리러 여게까지 완?"

"야, 아부제."

"수호야."

"야."

"니가 날 데리러 이 먼 뗴까지 완?"

"야, 아부제."

"니가…… 니가…… 나를 아비라구 데리러 완?"

"야, 아부제."

돌아오는 길 내내 아부제는 그 말을 묻고 또 물었다.
나는 새로 찬 야광 시계를 보며 십 분이나 이십 분 간격
마다 지금 몇 시 몇 분이다, 를 말했다. 자정 통행금지
시간이 다 되어 이목정 말먹이집에 닿았다.

다음 날 아침부터 걸은 길도 그랬다. 끓인 여물을 가
마니에 받아 싣고 노새가 맥을 못 추는 한낮만 잠시 그
늘에 피했다가 저녁 늦게야 대관령에 닿았다.

"자지 않고 떠나면 새벽이면 닿는다."

"아부제."

"어."

"그러면 그냥 가요."

"그라이자. 우리 맏상제 시키는 대로. 영 내려가다 중간 반정(半頂)집에 가서 뭐 좀 달라서 먹구."

그리고 또 밤길을 걸었다. 아부제는 마차에 올라타기도 하고, 내리막 언덕이 심한 곳에서는 마차에 내려 말의 고삐를 잡기도 했다. 그때면 나도 따라 내렸다. 아부제가 그냥 타고 있으라고 해도 그랬다. 그러면서 아부제와 나는 또 얼마나 많은 이야기를 하면서 그 영을 넘어왔던가.

"아부제."

"어."

"뭐 하나 물어봐도 돼요?"

"그러믄. 누가 묻는 말이라구."

"아부제가 진부옥 아주머이를 좋아했어요?"

"그래 보이더나?"

"야."

"아니다. 내가 좋아한 게 아니구 그쪽에서 그랜 거지. 내가 이래 다 큰 아들이 있는데 아들이 없는 줄 알구. 그러니 니두 내려가 숙모한테 그런 말하믄 안 된다."

"야."

"그러믄 나두 니한테 뭐 물어봐두 되겐?"

"야."

"니 아버지 어머이가 이렇게 해서 날 데리구 오라구 시키든?"

"데리고 오라고 시키긴 했는데, 이렇게 데리고 오라고 시키지는 않았어요."

"날 아부제라고 부르라구 시킨 것두 아니구?"

"야."

"그럼 니가 니 마음으루다 부른 말인?"

"야. 아부제."

"그러믄 하나 더 물어두 되겐?"

"야."

"니 내가 말 끄는 게 싫은?"

"……."

그 말만은 대답하지 못했다. 아부제도 그 말을 두 번 묻지 않았다.

"아부제."

"어."

"나 내려가면 이제 아부제 집에 가서 살려고 해요."

"우리 집에?"

"야."

"어른들이 그렇게 하라구 시키든?"

"아뇨. 지 마음으로요."

"니 마음으로?"

"야. 그래서 올라올 때 하생골 어머이한테 내 방 하나 치워놓으라고 했어요."

"수호야."

"야."

"아부제는 고맙다. 무슨 말인 줄 알제?"

"야."

"그래, 내려가믄 나두 이 짐승 치우지 뭐. 니 싫어하는 걸 계속할 게 뭐 있겐."

"……"

"허, 이눔이 말귀 알아듣나. 절 치운다니까 대가리를 흔들게."

"안 치워도 나 아부제 집에 가 살아요……."

"그래, 치우지 뭐. 치울 거야. 이제 이거 힘두 제대루 못 써 사람 망신시키는 거. 늙어서 고집두 늘구……."

그날 아부제와 나는 온 하늘과 온 산이 붉게 동틀 무렵 하생골 집에 닿았다.

그러나 그날 밤길에도 그랬고, 먼저 살던 집에서 아부제 집으로 살림을 옮기듯 책상과 책가방, 입던 옷가지들과 내가 쓰던 물건들을 옮겨온 후에도 끝내 말과는, 그리고 아부제가 그것을 끄는 것과는 화해가 되지 않았다. 예전보다 덜 부끄럽다고 해도 그랬다. 그때 나는 중학교 1학년이었고, 동네에서 아이들과 싸우다가도 '노새집 양재 새끼'라는 말을 들으면 그 말을 이 세상에서 가장 심한 욕으로 느끼던 열세 살의 소년이었다.

그 말은 내가 중학교 3학년일 때까지 집에 있었다. 내가 저를 핍박하고 서러움 줄 때 그는 이미 늙어 있었다. 그가 죽던 마지막 모습도 그랬다. 말굽을 박았는데도 공사장에서 벽돌을 내릴 때 땅에서 바로 선 대못을 밟아 오른쪽 앞다리부터 못 쓰게 되더니 한 해 겨울을 한쪽 다리를 늘 구부린 채 서서 앓다가 어느 날 배를 땅에 대고 만 것이었다. 알리지 않았는데도 어떻게 알고 시내의 마부들이 마차를 끌고 와 죽은 그를 싣고 내려갔다. 아부제는 따라가지 않았다. 마부들이 그럼 저녁때

고기라도 보낼까, 하고 묻자 아부제는 그러지 말라고
했다. 작은할아버지가 돌아가신 이후 그날 처음으로 나
는 남몰래 감추는 아부제의 눈물을 보았다. 한지붕 아
래에서 사는 동안 그는 내게 참으로 많은 설움과 눈총
과 미움을 받았다. 내가 누리는 것 모든 것이 그의 등에
서 나왔는데도 그랬다. 아마 그가 죽어 정말 하늘의 은
별이 되었다 해도 나는 앞으로도 말에 대해 자유롭지
못하고, 그에 대해 자유롭지 못할 것이다. 결국 그 원고
에 나는 그의 이야기를 쓰지 못했다. 그러나 언젠가 나
는 그의 슬픈 생애에 대해 제대로 글을 쓸 수 있는 날이
오길 기다린다. 그는 태어나기로도 암말과 수나귀 사이
에서 온갖 핍박 속에 오직 무거운 짐과 먼 길을 걷기 위
해 생식력도 없는 큰 자지만 달고 나온 노새였고, 이름
은 은별이었다.

『첫눈』, 뿔, 2009.

해설

Afterword

'노새'와 '양자', 그리고 '양아버지'

장성규 (문학평론가)

이순원은 매우 다양한 스펙트럼의 소설 세계를 꾸준히 견지해 온 작가이다. 그는 초기에는 광주민주화운동이나 반미투쟁 등 한국사회의 문제를 소설화하는 경향을 보이다, 이후 연애와 일상, 사람과 관계 등 소소하지만 우리 삶의 결을 이루는 중요한 요소들에 대한 깊이 있는 천착을 보이는 소설을 활발히 발표해 왔다.

그의 작품 「말을 찾아서」는 일종의 성장소설로 볼 수 있다. 주인공은 어렸을 때, 아이를 갖지 못하는 당숙의 양자로 가게 된다. 그러나 소년은 '노새'를 몰고 다니는 당숙을 자신의 '양부'로 인정하지 못한다. 이로 인한 상처 때문에 당숙은 결국 집을 떠나고, 이 과정에서 양부

A Mule, an Adopted Son, and an Adoptive Father

Jang Sung-kyu (literary critic)

The writings of Lee Soon-won have covered a diverse spectrum. At the beginning of his career, he addressed broad issues facing Korean society, such as the Gwangju Democratization Movement and anti-U.S. protests. Afterward, he wrote novels that offered an in-depth examination of the elements making up the fabric of personal lives: love, daily life, people, and relationships.

"Looking for a Horse" can be viewed as a story about growth. According to his parents' wishes, the protagonist is adopted by a childless uncle. But the young boy is ashamed of his uncle for being a mule handler and refuses to treat him as his father.

의 사랑을 깨달은 주인공은 비로소 그를 자신의 또 다른 아버지로 인정하게 된다. 이것이 이 작품의 대략적인 줄거리이다.

그런데 흥미로운 것은 주인공이 양자가 되는 것을 극도로 거부하는 이유가 다름 아닌 당숙이 '노새'를 키운다는 점 때문이라는 사실이다. 노새는 말과 당나귀 사이에서 태어난 동물로, 생식 능력을 갖추지 못한 존재이다. 따라서 아이를 갖지 못하는 당숙이 '말'이 아닌 '노새'를 몰고 다니는 것은 상징적이다. 문제는 '노새'는 생식 능력이 없기에 아이를 둘 수 없다는 것이다. 그런 까닭에, 주인공 소년이 양자가 되는 것을 거부하는 것 역시 필연적인 일이기도 하다.

이러한 모순은 당숙의 소년에 대한 사랑을 통해 비로소 극복된다. 비록 '노새'를 몰고 다니는, 생식 능력을 갖추지 못한 당숙이지만 주인공 소년에 대한 애틋한 사랑은 결국 그가 당숙을 또 다른 아버지로 받아들이게 만든다. 따라서 이 작품의 제목이 「'노새'를 찾아서」가 아니라 「'말'을 찾아서」인 것 역시 상징적이다. 비록 양아버지는 '노새'처럼 생식 능력을 갖추지 못했으나, 대신 양자에 대한 지극한 사랑을 통해 '말'과 같이 어엿한 아

The boy's attitude hurts his uncle so much that the uncle decides to leave his family. As the story unfolds, however, the protagonist realizes his uncle's love for him and is able to accept him as a surrogate father in his life.

A comic element of the story is that it is a mule that causes the young boy to be so opposed to being adopted by his uncle. A mule is an offspring of a horse and a donkey and is infertile. There is obvious symbolism in the fact that the uncle, who cannot have children, raises a mule instead of a horse. Hence, the young protagonist's refusal to be the son of a mule handler is symbolically inevitable.

The ironic conflict is eventually overcome by the uncle's love for his nephew. Love has given the childless mule handler a son, who accepts him as a father. The title of the story, "Looking for a Horse," is also symbolic—it is not titled "Looking for a Mule." Although the uncle is like a mule in his inability to have offspring, his steadfast love for his adopted son makes him a dignified father. And through his uncle's love, a boy is able to grow into an individual who learns how to understand others.

"Looking for a Horse" is also an intertextual work, since one finds parallels in it with Yi Hyo-seok's

이를 둘 수 있지 않은가? 그리고 이 사랑을 통해 소년은 비로소 양자가 되며, 이는 곧 타인을 이해하려는 노력을 통해 비로소 성숙하는 인간으로의 성장을 상징하기도 한다.

다른 면에서 보자면「말을 찾아서」는 일종의 상호텍스트성의 발현 결과라고도 할 수 있다. 이 작품은 여러 면에서 이효석의「메밀꽃 필 무렵」을 연상시킨다. 실제 작품에 이효석의 소설에 대한 얘기가 여러 번 등장하기도 하고, 작품의 주제 역시 이효석의 그것과 유사하다. 그런데 이효석의「메밀꽃 필 무렵」이 주로 단편소설의 미학적 완결성의 측면에 초점을 맞춘 작품인 반면, 이순원의「말을 찾아서」는 양아버지와 주인공 간의 '화해'의 측면에 초점을 맞춘 작품이다. 바꾸어 말하면 이순원의 소설은 이효석의 소설로부터 많은 영향을 받은 흔적을 보이지만, 이효석의 소설과는 달리 인간의 관계맺음과 그에 수반되는 성장의 가치에 대해 더욱 큰 관심을 보인다고 할 수 있다.

기실「말을 찾아서」는 매우 잔잔한 어조로 단편소설의 미학적 특성을 뛰어나게 성취한 작품이다. 특히 '노새'와 '말'이 지니는 상징성이나, 다른 작품과의 상호텍

short story "When the Buckwheat Flowers Bloom." Not only is the latter overtly mentioned in Lee Soon-won's story, but both also have similar underlying themes. While "When the Buckwheat Flowers Bloom" focuses on the aesthetic perfection of literature, however, "Looking for a Horse" is centered more on the reconciliation of an adoptive father and his adopted son. Clearly, Lee Soon-won was influenced by Yi Hyo-seok, but he takes a greater interest in a human relationship and the value of growth that accompanies it.

Yet "Looking for a Horse" is also a highly aesthetic short story in its own right. The symbolism of the mule and the horse, coupled with the intertextuality of the story with a classic work, emphasizes the role of language in novels.

This story will be remembered as a work that, through literary devices, has embodied the significance of reconciliation in the growth of a young boy into a mature human being.

스트성의 활용 등은 소설만이 할 수 있는 언어의 역할을 보여준다는 점에서 주목된다. 이런 면에서 이 작품은 어린 소년이 하나의 성숙한 인간으로 성장하는 과정에서 '화해'가 지니는 무게를 매우 문학적으로 잘 형상화한 소설로 기억될 것이다.

비평의 목소리

Critical Acclaim

짐승조차 나름의 개성적인 생명으로 대접하는 이 지극한 생명 존중주의가 작가로 하여금 "언젠가 나는 그의 슬픈 생애에 대해 제대로 글을 쓸 수 있는 날이 오길 기다린다"라고 말하게 하였다. 슬픈 생애를 살다간 짐승에 대한 연민의 마음이 이러하니 슬프기로는 그 짐승에 못지않은 삶을 살다간 사람들, 「말을 찾아서」의 당숙, 「해파리에 관한 명상」의 재종숙, 「먼 길」의 아재 등등의 한스런 삶에 대한 연민의 마음은 지극하지 않을 수 없다. 이순원의 큰 령 저쪽 세계는 짐승의 슬픔조차 껴안는 지극한 연민의 마음에 감싸여 모든 생명이 자연의 질서를 따라 함께 어울려 숨 쉬는 넉넉한 조화의 세

The author has such a profound respect for all life, treating animals as characters of their own, that he was led to say about his wish to write about animals: "I wait for the day I can write properly about his sad life." If such is his compassion for an animal that has lived a life of sadness, his compassion for people who have gone through much more is expressed through the lives of his human characters, such as the uncle in "Looking for Horse," the father's second cousin in "Meditating about a Jellyfish," and *Ajae* in "Long Road." Lee Soon-won's world "beyond the big mountain pass" is one surrounded by compassion; it is a place where all life coexists in

계이다.

정호웅, 「두 겹의 상상력」,《작가세계》, 2000.5.

　「말을 찾아서」는「메밀꽃 필 무렵」을 겨냥하고 있으면
서도, 제목과 내용이 판이하며 동일한 요소들조차 잘
맞물리기보다 조금씩 어긋나 있다.「말을 찾아서」는 곁
에 맞물려 있음으로써「메밀꽃 필 무렵」을 패러디하고
있다.「말을 찾아서」는「메밀꽃 필 무렵」에 대한 곁텍스
트가 되는 셈이다.「메밀꽃 필 무렵/말을 찾아서」의 '나
귀/노새'는 '아버지/당숙'의 관계로 변모되며,「말을 찾아
서」의 나와 당숙과의 화해는 달밤의 분위기에 의해 효
과적으로 독자에게 전달된다.「말을 찾아서」의 나와 당
숙과의 관계에서 부자의 혈연관계가 소거되어, 그것은
가족적 갈등을 넘어 보편적 인간관계로 나간다. 이로써
「말을 찾아서」는 인간에 대한 보다 깊은 이해의 과정으
로서의 내면적 성숙의 서사가 된다.

이승준, 「한국 패러디 소설의 새로운 가능성」,《국제어문》, 2007.8.

harmony, following the order of Nature.

Jeong Ho-woong, "Two Layers of Imagination,"
World of Writers, 2000.5.

"Looking for a Horse" is a paradoxical take on Yi Hyo-seok's short story "When the Buckwheat Flowers Bloom." Its title is contrary to its contents, and its elements, borrowed from the latter work, are slightly misaligned. Therefore, it serves as a commentary on the old classic tale. The relationship between the father and the donkey in "When the Buckwheat Flowers Bloom" is transformed into the relationship between the uncle and mule in "Looking for a Horse." The reconciliation that takes place in the latter work between the protagonist and his uncle is conveyed effectively through an atmospheric setting under a moonlit sky. Their relationship, removed from the blood ties between father and son, and therefore going beyond the nuclear family, points towards a more universal human relationship. "Looking for a Horse" is a narrative of internal maturation through a deeper understanding of mankind.

Lee Seung-jun, "The New Potential of Korean Parody Novels," *International Language,* 2007.8.

이순원

이순원은 1957년 강원도 강릉에서 태어났다. 1988년 《문학사상》에 단편소설 「낮달」을 발표하며 작품 활동을 시작했다. 1996년 중편소설 「수색, 어머니 가슴 속으로 흐르는 무늬」로 동인문학상을, 1997년 중편소설 「은비령」으로 현대문학상을, 2000년 「아비의 잠」으로 이효석문학상과 「그대 정동진에 가면」으로 한무숙문학상을 받았다. 작품 활동 초기에 한국 사회의 제반 문제에 대한 날카로운 비판 의식을 보여주었으며, 이후 서정적 문체를 통해 사랑과 관계에 대한 심도 깊은 성찰을 보여주고 있다. 소설집으로 『그 여름의 꽃게』 『얼굴』 『말을 찾아서』 등이 있고, 장편소설로 『우리들의 석기시대』 『압구정동엔 비상구가 없다』 『에덴에 그를 보낸다』 『수색, 그 물빛 무늬』 『아들과 함께 걷는 길』 『19세』 『그대 정동진에 가면』 『순수』 등이 있다.

Lee Soon-won

Lee Soon-won was born in 1957 in Gangneung, Gangwon-do. He began his writing career in 1988 when his short story "Midday Moon" was published in the literary magazine *Munhak Sasang*. In 1996, his novella "The Color of Water, Flowing into Mother's Heart" won the Dong-in Literary Award. His other award-winning novellas include "Eunbiryeong Pass" (the Contemporary Literature Award, 1997), "Father Sleeps" (the Yi Hyo-seok Literary Award, 2000), and "If You Go to Jeongdongjin" (the Han Mu-suk Literary Award, 2000). His short story collections include *The Crab from that Summer; Face,* and *Looking for a Horse,* while his full-length novels include *Our Stone Age; No Emergency Exits in Apgujeong-dong; Sending Him to Eden; The Color of Water and its Pattern of Light; Walking with My Son; Age 19; If You Go to Jeongdongjin,* and *Pure.*

번역 **미셸 주은 김** Translated by Michelle Jooeun Kim

미셸 주은 김(김주은)은 버지니아 주립대학교 국제학과를 졸업하고 한동대학교 통역번역대학원에서 석사학위를 받았다. 이승우 단편소설 「칼」의 번역으로 한국문학번역원 제11회 한국문학번역신인상을 수상하였다.

Michelle Jooeun Kim studied Foreign Affairs at the University of Virginia and received her master's degree in Applied Linguistics and Translation at Handong University's Graduate School of Interpretation and Translation. She received the 11th Korean Literature Translation Award for New Translators with Lee Seung-u's short story "The Knife."

감수 **전승희, 니키 밴 노이**

Edited by Jeon Seung-hee and Nikki Van Noy

전승희는 서울대학교와 하버드대학교에서 영문학과 비교문학으로 박사 학위를 받았으며, 현재 하버드대학교 한국학 연구소의 연구원으로 재직하며 아시아 문예 계간지 《ASIA》 편집위원으로 활동 중이다. 현대 한국문학 및 세계문학을 다룬 논문을 다수 발표했으며, 바흐친의 『장편소설과 민중언어』, 제인 오스틴의 『오만과 편견』 등을 공역했다. 1988년 한국여성연구소의 창립과 《여성과 사회》의 창간에 참여했고, 2002년부터 보스턴 지역 피학대 여성을 위한 단체인 '트랜지션하우스' 운영에 참여해 왔다. 2006년 하버드대학교 한국학 연구소에서 '한국 현대사와 기억'을 주제로 한 워크숍을 주관했다.

Jeon Seung-hee is a member of the Editorial Board of *ASIA*, is a Fellow at the Korea Institute, Harvard University. She received a Ph.D. in English Literature from Seoul National University and a Ph.D. in Comparative Literature from Harvard University. She has presented and published numerous papers on modern Korean and world literature. She is also a co-translator of Mikhail Bakhtin's *Novel and the People's Culture* and Jane Austen's *Pride and Prejudice*. She is a founding member of the Korean Women's Studies Institute and of the biannual Women's Studies' journal *Women and Society* (1988), and she has been working at 'Transition House,' the first and oldest shelter for battered women in New England. She organized a workshop entitled "The Politics of Memory in Modern Korea" at the Korea Institute, Harvard University, in 2006. She also served as an advising committee member for the Asia-Africa Literature Festival in 2007 and for the POSCO Asian Literature Forum in 2008.

니키 밴 노이는 하버드대학교에서 인문학을 공부하고 보스턴에서 활동하는 작가이자 프리랜서 기고가 겸 편집자이다. 18살 때 처음 《보스턴글로브》 신문의 편집에 참여한 이래 랜덤하우스와 《네이처》 잡지 등의 출판사에서 수많은 책을 만드는 작업을 하며 줄곧 글을 쓰고 편집하는 생활을 해왔다. 저서로 사이먼 앤 슈스터 출판사에서 출판된 『골목의 새 아이들: 다섯 형제와 백만 자매들』과 『그렇게 많은 할 말들: 데이브 매쓔즈 밴드―20년의 순회공연』 등 두 권의 음악 관련 전기가 있다. 글을 쓰거나 편집하지 않을 때는 요가를 가르치거나 찰스 강에서 카약이나 서프보드를 타며 장거리 자동차 여행을 통해 모험을 즐긴다.

Nikki Van Noy is a Boston-based author and freelance writer and editor. A graduate of Harvard University, she first worked in an editorial capacity at the *Boston Globe* at the age of eighteen, and has never looked back. Since then, Nikki has work at a host of book and magazine publishing companies, including Random House and *Nature* magazine. In addition to her editing work, Nikki authored two music biographies, *New Kids on the Block: Five Brothers and a Million Sisters* and *So Much to Say: Dave Matthews Band⎯20 Years on the Road*, published by Simon & Schuster. When she's not writing or editing, you can find her teaching yoga around Boston, kayaking and paddle boarding on the Charles, or chasing down adventure on a road trip.

바이링궐 에디션 한국 대표 소설 082

말을 찾아서

2014년 11월 14일 초판 1쇄 발행

지은이 이순원 | 옮긴이 미셸 주은 김 | 펴낸이 김재범
감수 전승희, 니키 밴 노이 | 기획위원 정은경, 전성태, 이경재
편집 정수인, 이은혜, 김형욱, 윤단비 | 관리 박신영 | 디자인 이춘희
펴낸곳 (주)아시아 | 출판등록 2006년 1월 27일 제406-2006-000004호
주소 서울특별시 동작구 서달로 161-1(흑석동 100-16)
전화 02.821.5055 | 팩스 02.821.5057 | 홈페이지 www.bookasia.org
ISBN 979-11-5662-049-5 (set) | 979-11-5662-056-3 (04810)
값은 뒤표지에 있습니다.

Bi-lingual Edition Modern Korean Literature 082

Looking for a Horse

Written by Lee Soon-won | **Translated by** Michelle Jooeun Kim
Published by Asia Publishers | 161-1, Seodal-ro, Dongjak-gu, Seoul, Korea
Homepage Address www.bookasia.org | **Tel**. (822).821.5055 | **Fax**. (822).821.5057
First published in Korea by Asia Publishers 2014
ISBN 979-11-5662-049-5 (set) | 979-11-5662-056-3 (04810)